あやし うらめし あな かなし

浅田次郎

集英社文庫

目次

あやし　うらめし　あな　かなし

赤い絆

その男女の客は月のない真冬の山道を、抱き合いながら登りつめてきたのだと伯母は言った。

枕を並べて耳を欹《そばだ》てる子供らは、寝物語の初めのひとことで怖れをなし、悲鳴を上げて蒲団《ふとん》に潜りこんだ。

静かに聴けないのなら続きはよしにするよ、と伯母は清らで厳《いかめ》しい貴顕の声で言った。

私たちはたがいをたしなめ合いながら、黒羅紗《くろラシヤ》を縫いつけた夜具の縁《へり》に顔を出した。

伯母は八畳の客間にみっしりと敷かれた蒲団の枕元に、面白くもおかしくもない顔で座っていた。背にしたガラス窓には氷が張っているのに、伯母は地味な紬《つむぎ》一枚で羽織も着てはいなかった。私の母とは親子ほども齢の離れた姉だった。

「こんばんは、と呼ばれて私が出て行ったの。まだ九つか十か、あなたらぐらいのころだった。まさかそんな夜更けにお客さんだとは思わなかったから」

私は伯母の肩ごしに豁《ひら》ける夜空を見た。標高三千尺、眺望絶佳が売りの山頂の宿である。杉の巨木に押し上げられるような冬の星空だった。

「夜分あいすみません、お部屋はございますか、と男の人が訊いたの。ひとめ見て尋常じゃあないと思った。ケーブルカーのない時代に、冬の夜道を登ってくるのも妙だけれど、二人の手首が女の帯揚《おびあげ》でくくられていたから。あの真赤な紐の色は、今でもよく覚えている。私は怖くなっておじいちゃんを呼びに行った」

おじいちゃん、という人が私の祖父であるのか、曾祖父であるのかはわからなかった。いずれにせよ山上の神社で神官を務める故人が、玄関の式台で夜更けの客を迎えた。旅宿の看板を掲げてはいるが、本来は講中の信徒を泊める宿坊であるから、客に対しては必ず羽織袴で向き合うのが当主の常であった。

「男の人は学生服に角帽を冠《かぶ》って、紺色の外套《がいとう》を着ていたけど、女の人は堅気に見えなかった。夜道ではぐれたらいけないと思って、と言いながら女の人は手首をくった帯揚を解《ほど》いて、道行の袂《たもと》にそそくさと隠したっけ。男の人も女の人も、きれいな顔をしていた」

いったい、いつの時代のことだろうと私は考えた。伯母は明治末年の生まれであったから、その少女時代だとすると大正年間の話で、私の母はまだ生まれてはいない。だとすると玄関の式台に端座して客を迎えたのは、白髯《はくぜん》を胸まで垂らした曾祖父であろうと私は思った。

「ひげのおじいちゃんだよね」

私が話を確かめようとすると、伯母は人差し指を唇に当てた。

「口はききっこなしよ。眠たい子から眠ればいい」

伯母はいつまでも寝つかずに騒いでいる子供らのために、寝物語をしてくれているのだった。だからひどく間延びした悠長な語り口だった。しかし、その間《ま》の長さはかえって私の想像力をかきたて、眠気が兆《きざ》すどころではなくなった。子供らはみな抱き合って耳を澄ませていた。

この伯母は若い時分に嫁ぎ先を追われて、実家に出戻った人だった。面ざしは私の母に似ていたが、華やかな母に較べて静謐《せいひつ》な印象があった。同じ世代の伯母たちはみな、東京の華族の屋敷に行儀見習いに出されたそうだから、母とちがう慎ましさはそのせいにちがいないと私は考えていた。明治生まれのこの伯母は松方公爵のお屋敷に上がり、昭和初年に生まれた私の母は女学校を出た。

伯母の居ずまいたたずまいは、いちいちが切絵のようだった。

「わけのありそうなお客だとは思っても、そんな夜更けに断われるわけはないやね。もし断わってよそのお屋敷の迷惑になるくらいなら、うちが迷惑を蒙ろうとおじいちゃんは肚《はら》をくったんだろう。それで、この五番のお部屋に通した」

子供らはまた悲鳴を上げて蒲団に潜りこんだ。階下は講中の団体が泊まるための大広間で、二階は廊下の両側に座敷が並んでいた。五番の部屋は大階段を昇ったすぐ手前の南向きだった。

「ほかのお部屋は襖《ふすま》一枚でお隣りとつながっているけど、この五番だけはそうじゃないからね。それに、何かあったら下の茶の間に物音が聴こえるし」

初詣の客が引いてしまえば、山上に泊まりの客はいなくなる。ちょうどそのころあいの出来事だったのだろうと、私は勝手な想像をめぐらした。

伯母は感情のない高雅な声で話を続けた。

男と女は茶漬の夜食をとり、長いこと湯殿を使った。湯上がりに見かけた女の顔は思いがけぬ若さで、伯母といくつもちがわぬ少女のようだった。きっとお女郎さんだ、と女中たちは噂をした。そのお女郎という職業を私は知らなかったが、大方の見当はついた。当時は選良にちがいない大学生と、それにふさわしからぬ身分の女が道ならぬ恋に落ちて、赤い絆でたがいの手首をくくったまま人里離れた山上の宿坊にやってきた、という経緯ぐらいはわかった。

男よりも先に湯殿から出てきた女は、大階段に腰をおろしてお手玉をついた。絞りの花柄の、緋と紫と黄の色鮮かなお手玉が浴衣の胸前に躍るさまを、伯母は姉妹とともに手を叩いて見物した。歌声は清らかだった。

やがて男が湯殿から出てくると、女は三人の子らにひとつずつお手玉をくれた。伯母が貰ったそれは、熾《おき》のような緋色だった。

翌《あく》る朝、二人は何ごともなく朝食をすませると、散歩に出た。霜解けの山道は難儀だからと、曾祖父はゴム長靴やモンペを貸し与えた。もしかしたら山中のどこかで首を吊るかもしれぬ二人を、そうした気遣いで思いとどまらせようと曾祖父は考えたにちがいなかった。まさか心中はおやめなさいとも言えず、またその覚悟を見極めたわけでもないから、あくまで万が一の事態を察して、ていねいに名所を教え、門前まで見送った。男と女は手をつないで杉林の小道を登って行った。

日本武尊《やまとたけるのみこと》を祀《まつ》った山頂の神社の裏手には、大菩薩峠《だいぼさつとうげ》を越えて甲州にまでつらなる深い山が拡がっている。渓流に沿うた岩石園があり、多くの滝が落ちるそのあたりは、飛び降りるにしろ首をくくるにしろ、自殺には格好の幽谷であった。実際に、神職と林業と旅宿の主を兼ねる男たちは、年に何度となく自殺者や遭難者の後始末をせねばならなかった。

曾祖父が神社に上がり、勤めをおえて屋敷に戻ってからも、二人はまだ帰らなかった。冬の陽は西の峰に傾いて、人々が大いに気を揉み始めたころ、疲れ果てた二人がひょっこりと戻ってきた。伯母の目には、いかにも死にきれずに帰ってきたように見えたそうだ。

その夜、曾祖父は二人を大広間の御神前に座らせて祝詞《のりと》を上げ、身の上を訊ねた。たとえどのような事情があれ、お二人の絆は大神《おおみかみ》の御前《おんまえ》にて結ばれたのだから、けっして来世などに恃《たの》むのではないと、曾祖父は切々と説諭した。

二人が語るところによれば、男は帝国大学の学生で、その親は名の知られた財界人であった。悪友に誘われて上がった吉原の遊廓で女と相惚《あいぼ》れの仲になったのだが、もとより許されざる恋愛である。女は齢こそ若いが金看板の太夫《たゆう》であったから、そうそう逢おうにも小遣が続かず、無心をするうちにその仲が親の知るところとなった。そこで、いっそのこと足抜けをして逃げられるだけ逃げ、金が尽きたら心中をしようと決めた。どこをどう逃げたかは知らぬが、懐の尽きた場所が奥多摩の、この霊山の麓だったというわけだ。

「神妙な話ではありますが、いささか大時代な話ですなあ」

と、曾祖父は笑いながら二人を諫《いさ》めた。明治の昔ならいざ知らず、お二人がそれほどまで想い合っているのなら、話してわからぬ親御様でもありますまい。僭越《せんえつ》ながらわたくしからもお口添えをさせていただきますから、明日にでも親御様にご足労願ってはいかがでしょう。もし今さらお電話がしにくいとおっしゃるなら、わたくしからご連絡をさし上げますが——。

曾祖父は進退きわまった二人を強引に説得し、善は急げとばかりに男の家に電話を入れた。そのころ、神社の社務所にだけは電話が引かれていたのだった。

旧官幣大社《かんぺいたいしゃ》の宮司の権威というものは、たいそうであったらしい。なにしろ宮内省から幣帛《へいはく》を供されて、天皇や皇親祖宗を祀る役職を与えられているのだから、それら官幣社のうちでも最上格の大社の宮司といえば、社会的権威は華族にも匹敵した。

その曾祖父からかくかくしかじかと事情を聞かされて、男の親はまったく畏れ入ったのであろう、ともかく翌日の一番列車で伺うと答えた。

「あの晩のおじいちゃんは立派だった。こんな山の中に生まれ育って、世の中のしがらみなんて何ひとつ知らぬはずなのに、宥《なだ》めすかしたり叱ったり、一所懸命に二人を説得してらっしゃった。ああいうことはお坊さんや牧師さんにはできますまいね。神主ならではの気概だろう」

伯母は話しながらしみじみと言った。話を聞く子供らは、みな神主の子か孫であるから、神道なり神主なりは身近にすぎてむしろよくわからなかった。だから伯母の言う「神主の気概」の意味も、ぼんやりと聞き流すほかはなかった。

ところで、私の母もその屋敷で生まれた神主の娘である。十三人もいた子供のうち、伯母が上から二番目、母が下から二番目で、年齢の差は十五もあった。

子供らは惣領の男子を残してみな山を下りるから、学校が休みに入ると夥《おびただ》しい数のいとこはとこが、父母の里である山上の屋敷に集まった。その冬の夜に同じ齢ごろの子らが五番の部屋に枕を並べて寝ていたのは、そうした事情による。嫁ぎ先にわが子を残して出戻った伯母は、私たち甥姪をたいそう可愛がってくれた。

実はそのころ、私の父母もすでに離婚をしていた。気丈な母は実家に戻ることなく、夜の商売をしながら私を育ててくれた。東京の女学校を出たあと、身分の釣り合わぬ父と駆け落ち同然に所帯を持った母は、姉のように実家に戻ることができなかった。

私と母は泥川の臭いのする下町の古アパートに暮らしていた。母は盛り場から三十分も夜道を歩いて、アパートに帰ってきた。いつも正体のないほど酔っていたが、午前零時の帰宅時間をほとんどたがえることはなかった。

私はその時間まで本を読んで待っていた。そして階段を踏む草履《ぞうり》の足音を聴くと、電気スタンドを消して狸寝入りを装った。

母はドアを開けると小声で「ただいま」と言い、私の頰に酒臭いくちづけをした。私は「おかえりなさい」と言った。それから母はよろめきながら帯を解き、着物を衣桁《いこう》にかけ、鏡台に向いて念入りに化粧を落とした。

襦袢《じゅばん》姿で一つ蒲団にすべりこんでくる母の体は、冬には氷のように冷え切っていた。

震えながら私の体を背中から抱きすくめ、私も足を絡めて母の体をぬくめた。そうこうして肌をすり合わせるうちに、二人して寝入ってしまった。

ある晩、耳元で母が囁いた。

「冬休みには、山に行っといで」

山、というのは母の実家のことである。かつては休みの大半を過ごしていた母の里も、父母が別れてからは疎遠になっていた。

「ひとりでも行けるだろう」

「一緒に行こうよ」

「おかあさんはいいよ。ひとりで行っといで」

母にとって実家の敷居が高いのはわかっていたが、私が体をぬくめてやらねば母は寒くて眠れないだろうと思った。

「ほんとに行っていいの」

「ああいいよ。みんなと遊んどいで」

形ばかりの正月を祝ってから、私は何年ぶりかの里帰りをした。母から貰ったお年玉で古道具の電気アンカを買い、押し入れの蒲団の間に忍ばせて家を出た。

山手線を新宿で中央線に乗り換え、立川からは青梅線に乗った。渓谷を望む山間の駅で降り、ボンネットバスとケーブルカーを乗り継ぎ、さらに山道を三十分も歩くと、神官の屋敷が杉林のあちこちに建つ山上の村にたどり着いた。半日がかりの旅であった。正月を父母の実家で過ごした同年配のいとこたちが、大喜びで私を迎えてくれた。

東京はオリンピックを間近に控えて、めざましく変容していたが、同じ東京都の西の端にあるこの山は何ひとつ変わりばえがしなかった。むしろ世の中の高度成長とはうらはらに、太古から神を祀ってきたこの山上の村は、旧官幣大社の立派な社《やしろ》とそこに仕える神官たちの屋敷ばかりを形骸にとどめて、没落してしまったようにも思えた。

神社の縁起は遥かな神代だが、私の祖先が山に入ったのはそう昔のことではない。言い伝えによれば、家康の関東入封に際して熊野の修験《しゆげん》であった私の祖先が一行の先達を務め、その功によって宮司に封じられたらしい。関東鎮守という霊的な役目のほかに、甲州に通ずる奥多摩道中の備えの務めもあったのだろうか、蔵の中には武具甲冑《かつちゆう》の類いがたくさん蔵《しま》われていた。

神職というものは、そもそもそうした務めを少なからず担っていたのかもしれない。だとすると伯母の言った「神主の気概」も、わかるような気がする。

話の合間にも私はふと、冷え切った母の肌を思い出した。

話が安穏な落着を見るはずはなかった。子供らは伯母に「こわい話」をせがみ、伯母はそれに応えて枕元に座ったのだから。

案の定、事件はその夜のうちに起こった。神妙に親の到着を待つと思えた二人が、毒を嚥《の》んだのだった。

不穏な物音に気付いた女中が、おそるおそる大階段を伝い上がってゆくと、女の片足が障子を蹴り破って廊下に突き出ていた。女中は階段を転げ落ち、大声で人を呼んだ。

曾祖父と祖父と、男衆が駆け上がってみると、男のほうはきちんと学生服を着たまま床の間を枕にして横たわっており、女は破れた障子に片足を取られてもがき苦しんでいた。乱れた夜具の上に、殺鼠剤の缶が転がっていた。当時は誰でも簡単に手に入れることのできた、「猫イラズ」という劇薬だった。

曾祖父と祖父が二人に水や醬油を飲ませ、毒を吐かせようとする間に、女中や男衆は手分けして近隣の宿に走った。山麓の隣町まで行かなければ医者はおらず、頼みの綱は山中に点在する宿坊のどこかに、医者が投宿していることだけだった。

たまたま屋敷から少し下った一軒の宿坊に、大人数の講中が宿泊しており、その中に老いた医師がいた。医師は寝巻の上に褞袍《どてら》を着て、男衆の担ぐ駕籠《かご》に乗ってやってきた。

医師が到着したとき、男はすでに事切れていた。脈をとり、胸に耳を当て、瞳孔を覗いてから医師は、「こっちはだめだ」と言った。女はその宣告を聞くと、咽をかきむしりながら「殺して殺して」と懇願した。

のたうち回る女を男たちが押さえつけ、医師が口移しで水を飲ませようとした。その治療に従えば死ねないと知ってか、女は拒み続けた。

格闘するうちに医師は音《ね》を上げた。女の吐き戻した毒が医師の唇を焼いてしまったのだった。

「これはだめかもしれんね。黄燐《おうりん》系の毒物は咽も胃も焼いてしまうから、手に負えん。苦しむよ、これは」

医師は唇を褞袍の袖で押さえながら、眼鏡をはずして殺鼠剤の缶の成分を読んだ。駕籠《えんか》に乗せて山から下ろそうと誰かが言ったが、医師は諾《うべな》わなかった。こうまで大量に嚥下してしまったからには、手の打ちようがないという答えだった。女がかろうじて生きているのは、咽を焼く痛みに噎《む》せていくらかを吐き戻したからなのだが、それはむしろ不幸なことだったと医師は言った。

屋敷の中はてんやわんやの大騒ぎだった。心中というのはそのころ、世間を騒がす事件の華のようなものだったから、愕《おどろ》きあわてるというよりもむしろ、人々がただ興奮しているように伯母には見えた。真夜中にもかかわらず野次馬が集まってきて、女たちは玄関や勝手口の仕切りに追われていた。

そうしたさなか、伯母は二つ年かさの姉と抱き合って、五番の座敷とは半間の廊下を隔てた一番の部屋から、事件の一部始終を見ていた。障子に穴をあけて、大人の世界の究極のかたちを覗き見る姉妹の存在など、誰も気付かなかった。

ほんとうは助かる命だったかもしれないけどね、と伯母は話しながらぽつりと言った。幼い伯母がそのときそう思ったのだから、同じ齢ごろの子供らが理解できぬはずはなかった。

死ぬほど愛し合っていた男女が文字通りに死を決し、その結果ひとりが死んでひとりが生き残るというのは、子供にでもわかる悲劇だった。その悲劇にあえて加担する合理的な理由は、誰も持つまい。人の命を助けることが使命の医師ですら、その努力には不合理を感ずるはずであった。身悶えながら「殺して殺して」と叫ぶ女の懇願は、助けようとする人々の意志よりも明らかに正当性があった。その道理を知ったればこそ、医師は匙《さじ》を投げたのだった。

「介錯《かいしゃく》をいたしましょう」

曾祖父のその言葉を、伯母ははっきりと記憶していた。当然そうするべきだと、幼な心にも思ったそうだ。

曾祖父は江戸時代の生まれで、剣術の免状も持つ武人でもあったから、世代の良識としても、またいわゆる武士の情としても至極当然にそう考えたのであろう。

「いや、それでは御師《おし》さまが殺人罪に問われます」

と、医師が否《いな》んだ。

「残りの猫イラズを嚥《の》ませればよいでしょう。人殺しにはあたりますまい」

曾祖父がそう言うと、女は虚空に白い手を挙げて、「ちょうだい、ちょうだい」とうわごとのように言った。

五番の座敷の電灯はほの暗く、むしろ南に豁《ひら》かれた杉林の星あかりの空が、青々とまさって見えた。人々の声が途切れた一瞬には、茅葺きの大屋根に霜の降りる音が聴こえた。

毒薬の缶を摑んだ曾祖父の腕を、医師の手がおしとどめた。

「それはなりません」

「なにゆえですか。私は人殺しをするのではなく、人助けをするのです」

「いや、人殺しです」

「本人に手渡すだけのことが、人殺しのはずはない」

「いや、それも立派な人殺しです」

押し引きするうちに、曾祖父が屈した。「もはや神様にお任せするよりほかはありません」という医師の言葉が効いたふうだった。曾祖父は一個の人間や武士である前に、やはり神官であった。

痛ましい儀式があった。相変わらず悶え苦しむ女をよそに、五番の座敷は取り片付けられ、一組の蒲団に糊の利いた敷布がかけられた。帝国大学の学生服を着た男の亡骸がまず仰向けに寝かされ、そのかたわらに添い寝をするかたちで女が運ばれた。二人の手首は赤い帯揚で結ばれた。

そこまでを見届けると、医師は宿坊に帰って行った。曾祖父は男の親元に連絡をするために山頂の社務所へと向かい、命ぜられた祖父が白い式服に浅葱色《あさぎいろ》の袴を付けて、二人の枕元に座った。そして、二人はともに死んだものとみなして、昇霊の祝詞《のりと》を上げた。

ふしぎなもので、祖父の祝詞を聞くうちに女の苦しみは鎮《しず》まった。苦痛が限度を超えて神経を冒したのか、薄い瞼をとざしたまま細々と息をつき始めたのだった。

その容体のまま、女は生き続けた。


マザー・コンプレックスという言葉は聞くだにおぞましい。

いったいに何でもかでも、表現しづらいことを外来語でひとからげに解釈しようとするのは、非人間的であると思うからである。聖書に述ぶるごとく、言葉は神なるものであるけれども、けっして人そのものではない。すなわち、人は言葉の力を借りて表現をなすべきであり、もし言葉が人の存在を規定してしまえば、たちまち人間の尊厳は喪《うしな》われてしまう。

マザー・コンプレックスという猥褻《わいせつ》きわまる外来語で規定されるほど、母と子の関係は単純ではあるまい。

私は母を心から愛していた。その感情は後年に経験した恋愛とどこも変わらず、どれにもまさっていたとまでは言わぬが、恋愛をする上での感情の基準となっていた。そこには英語の Complex の主意であるところの「複雑さ」などはなく、いわんや日本語的解釈の主意である病的さもありえない。

愛していたからこそ、母を打擲《ちょうちゃく》する父を憎んだ。母とのふたりきりの暮らしは、貧しいなりに幸福であり、母の恋人には激しく嫉妬した。もしあのころ、母が生活に苦悩して心中を思い立ったとしたら、私は彼女の支配下にある子供としてではなく、彼女を愛するひとりの男性として、その企みを諒としたであろう。

母の帰りを待つ間、気もそぞろに読書を装っていた私は、後年同様に恋人の足音を待っていた私とどこも変わらなかった。闇の中で帯を解き、化粧を落とす間のときめきも同じである。むしろ性的な成熟をしていなかった分だけ、その恋愛感情は醇乎《じゅんこ》たるものであったと思う。

孔子のいう「孝」の徳目の核心は、実はこれであろう。彼はおそらく、古代の国家形態にふさわしい個人の心構えを、帰納的に、もしくは都合よく理論化したのであろうが、多くの徳目のうちの「孝」だけは、どう考えたところで政治的普遍性を欠くと思えるからである。彼の天才的頭脳はすべての人間的感情を国家のために振り向けることに成功したが、顧みておのが母に対する恋愛感情だけは、うまく帰納させることができなかった。そのむりやり理論化した結果の「孝」ばかりが、時代を超えて今日もなお不変の徳目であるのは、まことに皮肉である。

母は父と別れてから、二度も自殺を図って果たせなかった。そのあげく、手元に取り戻した私が生きる支えとなった。ともに暮らし始めてからは、私を育てることに懸命であった。

ところで、伯母が年端もいかぬ甥姪に聞かせたこの夜話は、教育的な見地からいえばおそろしく適切さを欠いている。こわい話にはちがいないが、そのこわさの正体は男女の業《ごう》だからである。

もしや伯母は、ほかの子供らはともかくとして、私ひとりにこの話を聞かせていたのではなかろうか。蒲団の中にちぢこまって耳を欹《そばだ》てていた子らのうち、話の内容を誠実に受け止めることができたのは、母を通して大人の世界を覗き見ていた私だけであったはずなのだから。

ともあれ私は、伯母の話を聞きながら頭の別の部分で母のことばかりを考え続けていた。

私のいない夜を、凍えながら過ごしているのではなかろうか。あるいは私のいぬことを幸いに、ほかの男と添い寝をしているのではあるまいか――などと。

伯母は星あかりの窓に切絵のような姿を定めたまま、心中事件の顚末《てんまつ》を続けた。子供らのあらかたは眠ってしまったが、私は両の掌《てのひら》を頰の下に添えて、伯母の影を凝視していた。

「翌る朝早くに、男の人のご家族が山に上がってきたの。一番列車のお客よりもずっと早かったから、たぶん東京から車を飛ばしてきたんだろう。三つ揃いの背広を着たおとうさんと、やっぱり帝大の学帽を冠ったおにいさん。それと、執事か秘書のような男の人が二人。おかあさんはいらっしゃらなかった」

父親という人は、立派な口髭を立てた恰幅のよい紳士だった。兄は死んだ弟にこわいくらいよく似ていたという。

酷《むご》いことには、彼らが到着したとき、女はまだ恋人の骸《むくろ》のかたわらで生きていた。もはや苦痛を訴える気力もなくなっていたが、意識ははっきりとしていた。

曾祖父を始めとする屋敷の家族たちは、もとより善意の第三者である。身勝手な心中の大迷惑を蒙ったにすぎなかった。しかしこの際、善意のなすべき裁量は甚だ難しかった。つまり、この有様をどういう形で遺族に見せればよいかということに、家族は微睡《まどろ》みすらせずに心を摧《くだ》いたのだった。

結論はありのままを見せるということだった。すなわち、二人は整頓された座敷のひとつ蒲団の中で、潔くしめやかに毒を嚥み、男は先に死んだが女はいまだ死に切れずに添い寝しているという理想のかたちを——いくぶん虚飾ではあるけれども、提示すべきであると判断したのだった。ありのまま、というより、正しくは心中した二人にとってかくあるべき、ありのままである。何ら他意のない、純然たる善意の第三者としては、それ以外の演出はできなかった。

二人が翌日の話し合いを待たずに心中を敢行したのは、今さら親の理解など得られるはずはないと考えたからで、だとすると来訪する親にその結末を見せるのは彼らの本意であったろう。取り返しのつかぬ現実を目のあたりにして遺族が悔悟の涙を流せば、心中劇はめでたしめでたしと幕が下りる。

しかしこの大団円には、芝居ではまさか有りえぬ不調和があった。遺族が玄関の式台に立ち、曾祖父に先導されて長い廊下を歩み大階段を昇り、五番の座敷の体《てい》良く嵌《は》めかえられた障子を開けたとき、心中の相方である女はまだ生きていたのである。

第三者としては、女を死んだものとみなして場面を誂《あつら》えるほかはなかった。

男の兄である学生は、紙のような白い顔をして震えていた。連れの紳士たちもみな青ざめて声がなかった。

しかし、いかにも明治の傑物という感じの父親はちがった。

「この馬鹿者が。女郎などにまどわされおって」

と、嘆くどころか吐き棄てるように死せるわが子を罵った。それから枕元に屈みこんで、細い息をつきながら目を剝《む》く女の顔を覗きこんだ。

「おまえはなぜ死なぬ。倅《せがれ》が不憫《ふびん》ではないか。はよ死ね」

女は焼けただれた咽を絞って何かを言ったが、声はガラスに爪を立てるような音にしかならなかった。そのかわりに女は、小さな白い掌をようよう胸前に合わせて、父親に詫びるしぐさをした。このときもその片手に赤い紐が結ばれているさまを、伯母ははっきりと認めた。

父親は恕《ゆる》さなかった。「はよ死ね」ともういちど低い声で叱った。それから何の感慨もないふうにくるりと背を向けると、曾祖父に向き合ってかしこまり、慇懃《いんぎん》な礼を述べた。

「ご当家のみなみなさまに、手前どもの倅があらぬご迷惑をおかけいたしました。また、日本武尊のおわしまするお山を穢《けが》しましたること、どうかお許し下さい」

父親は畳の上に脱ぎ置いた外套の内懐を探ると、いかにもかねて用意してあったような袱紗《ふくさ》を曾祖父の袴の膝元に進めた。

「些少《さしょう》ではございますが、寄進をお納め下さいまし」

口止め料ならば受け取るわけにはいかぬが、寄進と言われてしまえば断わりようがなかった。さすがに曾祖父は躊躇《ちゅうちょ》したが、「納めさせていただきます」と答えるほかはなかった。

それから階下の茶の間で曾祖父が経緯を説明し、人々は炬燵《こたつ》にぬくまって燗酒を酌んだ。祖父は五番の座敷で昇霊の祝詞を上げ続けていた。

そのころまだ若かった祖父は、麓の千人同心の家から迎えられた婿養子で、曾祖父の言いつけにはまるで家来のように従うおとなしい人だった。

伯母は姿の見えない妖精のように大階段を昇り降りして、子供には納得のゆかぬその光景を観察し続けていた。納得ゆかぬというのはつまり、生きている女の人が死人として扱われている事実である。

「おもうさん」

と、伯母は生きている人間を弔う父の背に声をかけた。神事を行う曾祖父や祖父に呼びかけるのは禁忌であったが、それくらい納得がゆかなかったからである。

「おもうさん。おねえちゃん、かわいそうだよ。お医者さまを呼んであげようよ」

祖父は榊を掲げたまま顔だけを顧みて、あっちへ行けというふうに顎を振った。伯母は階下の台所に行って、祖母の袂を引いた。

「おたあさん。あのおねえちゃん、まだ生きてるよ。ほんとうだよ」

祖母は困り顔で、「もう亡くなったの」と答えた。

納得できぬまま子供部屋に行って、二歳齢上の姉に訊ねた。すると思慮深い姉はしばらく考えるふうをしてから、「おもうさんとおたあさんがそうおっしゃるのなら、まちがいはないのよ」と言った。

当事者本人を含む人々の総意は、真実とみなされたのである。

そうこうするうちに、麓の駐在所の巡査と隣村の開業医が連れだってやってきた。どちらもよく見知った顔だった。老巡査は月に一度、山上の神官の屋敷を巡っていたし、医師はしばしば往診にきた。ただしこの二人が連れだって山に登ってくるときは、自殺者の死体検分と決まっていた。

事情聴取と検屍はひどくあっけなく終わった。さすがにその現場だけは覗き見ることができなかったが、巡査と医師はものの五分で大階段を下りてきた。

「きのう診ていただいた先生にお会いになりますか」

と、曾祖父が医師に訊ねた。

「いや、その必要はないでしょう。講社の氏子さんにこれ以上のご迷惑をおかけするのも何です」

そのやりとりには、ともかく仕事を早くすませようとする魂胆が見えすいていて、伯母は子供心にも不快を感じたそうだ。

巡査と医師は茶も飲まずに帰っていった。伯母は二人の後をこっそりと追いかけて、杉林の坂の中途で呼び止めた。

「先生」

「やあ、元気かね」

子沢山の屋敷を往診しているせいか、その中年の医師は子供のあしらいが上手だった。鳥居前の広場で、山の子らを相手に相撲をとることもあった。

伯母はその親しみのある医師に訴えようとしたのだった。人々の総意によって歪められた真実を直訴しようとした。検分があまりにもあっけなかったので、おそらく息のある女は別の座敷に隠されたのだろうと伯母は疑っていた。

男の人は死んでしまったけれど、女の人はまだ生きている。助けてあげて、と伯母は慄《ふる》えながら言った。

そのときの巡査と医師のとまどう姿を、伯母は古いアルバムに貼られた一葉の写真のように記憶していた。

南中した冬の陽が神さびた常磐木《ときわぎ》の枝間から射し入って、医師の白衣を輝かせていた。その神々しい姿は山中に踏み惑った日本武尊とも見え、制服に地下足袋《ちかたび》をはいた老巡査は忠実な従者のようだった。

もし告白によって家族が科《とが》を蒙るようなことになっても仕方がないと、伯母は肚《はら》を定《き》めていたのだった。

「ああ、あの女の人なら亡くなっていたよ」

伯母は落胆した。検分の前に死んでしまったのか、あるいは医師がそれなりの処置をしたのかは知らないが、嘘はまことになってしまった。

ふと気付くと、片方の掌に緋色のお手玉を握っていた。今は形見の品となってしまったそのお手玉が、伯母に直訴の勇気を奮い立たせたのはたしかだった。

「これ、おねえちゃんにいただいたの」

べそをかきながら、伯母はそう言って気まずい間《ま》を繕った。巡査は証拠の品でも検《あらた》めるように、差し出された品物をしげしげと眺めた。

「着物をほどいてこしらえたものでしょうが、さすがは名のある太夫ですな」

緋や紫や黄色の艶《あで》やかな裲襠《うちかけ》を着た女の姿を、伯母はありありと思い描いた。

「それにしても、子供にあんなありさまを見せてしまうとは、御師さまらしくないですな」

「よほど動顚《どうてん》してらしたのでしょう。やれやれ、迷惑にもほどがある」

医師と巡査はそんな囁きをかわし合いながら、杉林の急坂を下っていった。

伯母は屋敷に駆け帰った。ちょうど大階段から下ろされた男の亡骸が、戸板に乗せられているところだった。死体は顔まですっぽりと蒲団をかけられ、戸板の四隅を屋敷の男衆が持ち上げた。曾祖父と祖父が広縁に陽を受けて正座しており、男の父親が庭に佇んで長たらしいお礼をした。

去りゆく葬列にはさほど悲しみのいろがなかった。陽は高いのに、男たちの群が吐き出す息が煙のように立ち昇る寒さだった。葬列が門の先に消えてしまうと、屋敷には箍《たが》がはずれたような緩気《かんき》がやってきた。

縁側に座ったまま、祖父が「あー」と声を上げて伸びをした。不調法をたしなめるどころか、曾祖父も続いて「あー」と両腕を上げた。それから二人の神主は、しばらく言葉もかわさずにぼんやりと居並んでいた。

伯母は広縁に上がると、厠《かわや》に行くふりをして裏階段から二階に昇った。屋敷には回廊がぐるりと繞《めぐ》っており、大小とりまぜていくつもの階段があった。

ひとけの絶えた二階の廊下を、足音を忍ばせて歩んだ。

とうとう二人ははなればなれになってしまった。女の亡骸をうち捨てて、わが子の遺体だけを引きとっていった親が、伯母は憎くてならなかった。男女のかかわりごとなどは何も知らぬ少女にも、人の情ぐらいはわかっていた。ひどい話だと思った。

廊下に座って、五番の座敷の襖を開けた。とたんに伯母は、何が何やら頭の中が混み合ってしまった。

女が、生きたまま取り残されていたのだった。

「おみず、ちょうだい」

女は虫の息で言った。掛け蒲団は蹴りのけられており、剝き出しの両胸は激しく戦《おのの》いていた。腰巻の紅絹《もみ》を割って大の字に拡げられた奥に、獰猛《どうもう》な感じのする女の体が覗いていた。

「おみず、ちょうだい」

伯母の腰は抜けてしまった。生きていた人が死ぬことより、死んだ人が生き返ることのほうがずっと怖ろしいに決まっていた。だが、じきに気を取り直した。女は甦《よみがえ》ったのではなく、はなから死んではいなかったのだ。

医師も巡査も、やはり女を死んだものとみなしたのだった。そのことを悟ると、うち続く波のような別の恐怖が伯母に襲いかかった。

「おみず、ちょうだい」

女は咽をかきむしって、もういちど言った。

「待っててね、じきに持ってくるから」

廊下を這い伝う伯母の前に、祖母がいかめしい顔をして立ちはだかった。

「なりません」

「どうして」

「もう誰も、かかわりあってはなりません」

それが心中の片割れに対する、正しい儀礼と人情であることを、伯母はようやく知ったのだった。

「その女の人は、二日二晩そうして生きていたの」

と、伯母は子供らの寝静まった五番の座敷の、私ひとりに向かって言った。

「おまえの寝ているそのあたりでね。赤い帯揚の片方は、手首に結わえたままだった。ずうっと男の人の名前を呼び続けて、三日目の朝にようやく息を止めた」

誰も迎えにこなかったと、伯母は淋しげに付け加えた。女の亡骸は神官とその眷属《けんぞく》の眠る山上の奥城《おくつき》に葬られることなく、麓の里の寺に無縁仏として届けられた。

「お女郎さんなんだから、仕様がないやね」

事件の不可解な部分は、伯母のそのひとことで瞭《あきら》かになった。たぶん幼い日の伯母も、誰かが口にしたそのひとことであらましを納得したのであろう。

金で売り買いをされる女は、人間というより物であり、奴隷であった。金で売られたときに親との絆は切れ、足抜けによって買主との縁もみずから断ち切った。そして最後に残っていた赤い絆も、男の死によって断たれてしまった。事件にかかわった人々は非情であったわけではなく、女との絆を誰も持っていなかっただけなのだ。

伯母は背骨の折れるような溜息をついた。それからわずかに首を転《めぐ》らして、子供らの寝顔を確かめながら呟《つぶや》いた。

「おまえ、おかあさんのそばにいておやり。はたが何を言ってきても、好きな女の人ができても、おかあさんの手を放すんじゃないよ」

私は闇の中で肯《うなず》いた。嫁ぎ先に子供を奪われた伯母のその言葉は、骨の軋《きし》みが聞こえるくらい切実だった。

やはり伯母は、私ひとりに聞かせるために話を始めたのだと思った。

大正の昔に、この五番の座敷で淋しく死んでいった女が、母のおもかげに重なった。母の命を保証する、あるいは人間たらしむる絆は、私の手首にくくられた一本きりにちがいなかった。そのころの母は物語の中の女と同じくらい美しく稚《おさな》かった。

おばちゃんは死なないよね、と私はおそるおそる訊ねた。

「さあ、どうだかねえ」

おそらく本心からではなく、私を力づけるつもりで伯母はそう言った。


五番の客間はそれから長いこと封印された。因縁などは何も知らぬはずの泊まり客が、しばしば怪しい体験をしたからだった。

ある客は夜中にひどく咽が渇くと訴えて、台所に水を貰いにきた。またある客は、一晩じゅう熱い熱いとうなされた。

ことに極め付きは、真夜中に何ものかが蒲団の中に忍んできて、背中をするりと抱きしめるというのである。

幸い曾祖父は験力《げんりき》をよく使う人であったから、家伝の秘法を用いてこの霊魂を調伏したが、ともあれその部屋は縁起が悪いというわけで客を通すことはなくなった。封印が解かれたのは、戦後まもなく祖父もなくなって伯父の代になってからである。伯母は事件を記憶していたが、弟にあたる当主は言い伝えにしか聞いてはいないので、そろそろよかろうということになったらしい。

嫁ぎ先から出戻って五番の座敷が開けられていると知ったとき、伯母ばかりは古い記憶を掘り起こして、いい気持ちがしなかったそうだ。しかし以来何ごとも起こらずに、五番の部屋は休みのたびに集まってくる甥姪たちの寝室に使われていた。大階段の降り口にある座敷だから、客にとっては居心地が悪いが、朝寝坊の子供らを階下から呼ぶには都合がよかった。

「さあ、もうおやすみ」

伯母は母とそっくりの高い張りのある声でそう言い、私の蒲団の襟《えり》を斉《ととの》えてくれた。そして寝入ってしまった子供らに気遣いながら足音を忍ばせ、静かに障子を開けたてして部屋を出て行った。

星を算《かぞ》えることにも飽いて瞼をとざすと、たちまち赤い絆のまぼろしが闇に翻った。この屋敷でやんごとなく生まれ育った母は、かつて多くの強く太い絆で守られていたはずであった。

純血を保とうとするのは旧家のならいで、子女の結婚相手は血縁の者と定められていた。遺伝学的には好もしからぬならわしだが、たぶんその成果で、一族にはふしぎなくらい美形が多かった。ことにその習慣の掉尾《とうび》を飾る伯母や母の姉妹たちは、勢揃いした集合写真などを見ると、齢こそちがうがいずれ劣らぬ映画女優を並べたようだった。

そうした境遇に生まれた母は、たまたま親元を離れて東京の女学校に行き、よく耳にしたたとえからいえば「どこの馬の骨ともわからぬ」父と夫婦になった。母と許婚《いいなずけ》との結納の席に父が匕首《あいくち》を呑んで飛びこんだという、虚実の不確かな伝説もあった。その結果、父と母は駆け落ち同然の夫婦となり、母をつないでいた多くの絆が、父の匕首で断ち切られてしまったのは確かだった。

のちに父は財をなして、母の実家と神社に莫大な寄進をした。講の発起人となって参詣も欠かさなかった。しかしそのようにして再び糾《あざな》われた絆も、父の破産と夫婦の離婚によってまたしても断ち切れてしまったのだった。

母は三十の半ばになってから夜の女になった。私が夢ごこちに見たものは、母の体から次々にほどけ落ちて、闇に舞い踊る赤い絆のまぼろしだった。夜の底へと落ちてゆく母の手首には、かろうじて一本の帯揚が絡みついており、私はどこかの高みにしがみついて、その端を懸命に握りとめているのだった。

まぼろしはやがて紗《しゃ》にくるまれ、私は深い眠りについた。

咽の渇きを覚えて目覚めた。大屋根に霜の降りる音が聞こえる夜更けであった。私はたちまち伯母の話の後日譚を思い起こし、しきりに唾を呑んで渇きに耐えようとした。そのうち手足が熱くなった。指先に感じ始めた熱が、這い上がるように肘や膝を冒してきた。

これは何かの錯覚なのだから、手足を出せばたちまち皹《あかぎれ》るだろうと考えて辛抱した。やがて、その感覚が特殊なものではないことに気付いた。母と暮らすアパートの便所は廊下の端にあったので、私は夜にはつとめて水気を摂《と》らぬよう心がけていた。だから渇きを覚えて目覚めるのはいつものことだった。寝しなに体が熱くなるのも子供ならば当たり前だが、私は体を凍えさせて帰ってくる母のために、手足をぬくめておかねばならなかった。

大階段が軋りをあげた。私は眠るでも覚めるでもなく、夜を憚《はばか》るその物音を母の足音と聴いた。

一歩を気遣いながら、足音は階段を昇りきり、廊下を近付いてきた。障子が開いて、檜《ひのき》の匂いのする夜気が流れこんだ。

私はわずかに瞼をもたげ、睫《まつげ》の間から冬の星ぼしを見やった。三千尺の山頂に豁《ひら》けた夜空は、眩《まばゆ》いほどの星あかりに満ちていた。遠い昔に、すべての絆を失って身じろぎすらできなくなった瀕死の女が、この世で最後に見た景色にちがいなかった。

夢とうつつとが判然としないまま、私は「おかえりなさい」と呟いた。

何ものかが私の背中に体を合わせてきた。氷のように冷え切った手が首筋に滑りこみ、もう片方の手が胸を抱き寄せた。私は十分に熱した掌で、その両手をくるみこんだ。冷たい素足に、私のあしうらを当てた。

慄えがおさまると、耳元に圧し殺した噎《むせ》び泣きが聞こえた。その悲しみを癒すすべは、熱しきらぬこの体のぬくもりでしかないことを私は知っていた。なるたけすきまのあかぬように身を綿にして、私は無力だけれども万能にちがいない私の熱を、女の体に分かち与えた。

今さらその体のあるじが、母であるのか伯母であるのか死んだ女であるのか、そんなことはどうでもよい。

虫《むし》篝《かがり》

盆中の電車は不穏なくらい空いている。

朝の通勤は楽でいいが、少ない乗客のあらかたが途中の駅で降りてしまう帰りには、家が近付くほどに気が滅入った。

津山《つやま》久《ひさし》が関西で会社を潰し、東京に逃げてきたのはこの春先である。不渡りを出したその晩に、ごく身の回りの物だけをワゴン車に詰めこんで遁走した。自ら命を断つか殺されるか逃げるか、手だては三つにひとつしか思いつかぬほどの、たちの悪い倒産劇だった。

二晩をワゴン車の中で過ごし、ようやく家族が居場所と定めたのは、ここが東京かと目を疑う山あいの村だった。ともかくほとぼりのさめるまでは、無縁の土地で息をひそめて生きるほかはなかった。

初めのころこそ静寂は安息だったが、気持ちが落ち着くほどに、雑木山と梨畑に囲まれた村の静けさが怖ろしくなった。家族を守るためとはいえ、あらゆる不実を働いて逃げた罪深さが、津山の体にのしかかり始めていた。

鉄道の支線は郊外の都市を滑り出ると、夜来の雨で水かさを増した川を渡る。西空にはまだ陽の残っている時刻だというのに、乗客の姿は疎《まば》らだった。

不景気などというものは、テレビと新聞が造り出した幻想ではなかろうかと津山は思う。その証拠に、盆がくれば通勤電車は休日同然にがらんと空く。ほとんどの人々が世の景気などとは関係なく、仕事を休んでいることになる。家族そろって旅に出る。あるいは帰郷して兄弟や友人たちと酒を酌み、親の墓参りをする。そうしたささやかな行事さえも、自分は家族に与えることができないのだと思うと、津山の心はいっそう暗くなった。

盆の電車は鉄橋を渡り、油蟬の声に被われた山腹を巻いて走る。小駅を二つ過ぎると、雨上りの夕靄《ゆうもや》に梨と葡萄の棚が拡がる。高架線から眺める風景はまるで潮に呑まれるように、黒々とたそがれてゆく。

潰した会社はビルの空調設備業で、好景気のころにはそれこそ配管から金が溢れ出すようだった。仕事がなくなったわけではなかったが、ゼネコンの振り出す手形を支え切れなくなったのだった。手形の決済期間が延びれば銀行の割引枠がなくなる。高利の町金融で現金化してやりくりするうちに、自社の振り出した手形の決済が怪しくなった。思えば不運は何もなく、仕組まれた筋書き通りの必然だった。下請け業者を整理するだけで大手企業の業態は合理化され、銀行が握る不良債権は軽減される。退職者を募ったり資産の売却をするよりも、よほど簡単な方法にはちがいなかった。支払手形のサイトを六十日から九十日に、百二十日に、ついには百五十日にまで延ばすだけで、好景気のころに増えた下請け業者は、まるで嵐の中でぶつりと舫《もや》い綱が切れるように、一艘《いっそう》ずつ波に呑まれてゆく。

津山は若い時分から働きづめに働いて、二十人の社員を抱えるようになっても、社長らしい道楽はしたためしがなかった。それがいいことなのか悪いことなのか、いざ不渡りという段になって、世間を知らぬ分だけ肚《はら》のくくりようも知らなかった。債権を握ったやくざ者に殺されるか、一家心中するか、すべてを捨てて逃げるか、ほかの未来は何も考えつかなかった。

影絵になった山なみに陽が沈むと、唐突に夜がきた。

対《むか》いの窓に倚《よ》って景色を眺めていた小さな男の子が、指先でガラスを叩いた。

「火事だよ、おねえちゃん。火がぼうぼう燃えてる」

姉は小学生か中学生か、携帯電話を弄ぶ手を止めて振り返った。

「何だろう。焚火じゃないの」

電車がゆっくりと過ぎる高架の下に、いくつもの篝《かがり》が燃えている。

「あれはな、おねえちゃん。田圃や畑に火ィ焚いて、虫を焼き殺しとるのんや。虫は明るいとこに寄ってくるやろ、せやからあたりの街灯も消して、家のあかりも消して、いっぺんにあちこちで虫篝《むしかがり》を燃すのんや。あんたら、ここいらの子ォやないんか」

「だってさ」と、少女は弟の耳元に囁き、正面に向き直って津山の顔を見つめた。

「おじいちゃんの家にきているんです」

大人びたよそいきの声で少女は言った。都心のマンション住まいの子が、両親に連れられて盆の里帰りをしている、といったところか。田舎暮らしに退屈して、町まで映画でも見に行ったのだろう。

津山が通勤する二時間の道程は、子供らにとってよほど遥かな旅にちがいない。少し落ち着いたら、選り好みをせずに近くの職場を探そうと津山は思った。

工業高校で取得したボイラーの免許が、二十年以上も経ってから飯の種になろうとは思ってもいなかった。どんなに景気が悪くなっても、ビルの数が減るわけではないから、新聞の求人欄には必ずいくつかの募集広告が載っている。

「おねえちゃん、しっかりしたはるな。中学生かいな」

「六年生です。中学は来年」

利発な受け答えをして、少女はまたじっと津山を見つめた。

上の娘と同い齢である。苦労知らずの子はこんなふうにまっすぐ人の目を見ることができるのだろう。夜逃げをして以来、娘はすっかり性格が変わってしまった。生まれついて明るい子供であったものが、ぼんやりと物思いに耽《ふけ》ることが多く、つまらぬ理由で臍《へそ》を曲げては口をきかなくなる。

「弟さんとは齢が離れたはるのやな。いくつやろか」

「来年、小学校です」

肩から力が抜けてしまった。これも息子と同じである。かえすがえすも、子供たちにとっては悪いめぐりあわせだったと思う。

ほとぼりのさめるまでは住民票を移すわけにはいかない。娘の転校先には事情を説明してあるが、学校からも役所からも、早急な対応を迫られていた。このさき半年は何とかごまかすとしても、娘が中学に進み、息子が小学校に入学する来年の春には、どうにかしなければなるまい。

ましてや末の娘は、まだ乳離れもせぬ赤ん坊である。夏風邪をひかせて町医者に行ったところが、かつての健康保険証が通用しないことを知った。高額の自費医療代は、持ち合わせがないと言って借りたきりである。

住民票を移動しなければ、正しくは学校にも通えず、医療さえ満足には受けられない。こんな事態は考えてもいなかった。

住民票を動かせば居所は知れる。取引先はそこまでしなくとも、銀行や金融業者は目を光らせているにちがいなかった。彼らはまちがいなく、住民票の閲覧を続けている。転出の記載を待ち構えている。

ボイラーマンの職を得たまではよかったが、免許ひとつで飯を食う職種にはありがちなことで、向こう一年間は正社員の待遇ではなかった。つまり、社会保険もまだしばらくは手に入らない。かつては自分も同じ条件で人を雇っていたことを考えれば、そのさきの無理は言えなかった。

妻もそれほど体が強いほうではない。子供らを保育所に預けてパートタイムに出ると言ったが、面接に行ったスーパーマーケットで、やはり住民票の提示を求められた。

こうなると八方塞がりである。たぶんこのさきも、不都合はいろいろと生じるだろうと思えば、月日の移ろいがもどかしくてならなかった。せめて居所を変えるのではなく、何年か先の未来に、家族が飛んで行ければいいと思う。

考えたところで始まらぬ。

「なあ、おねえちゃん。弟の下はいてへんのか」

少女はじっと津山を見つめたまま、しばらく間《ま》を置いて答えた。

「おじさん、前も同じことを訊いたけど」

おや、と津山は少女の言葉を考え直した。出勤の途中で出会ったのか。いや、そんなはずはない。子供らに見覚えはなかった。

「けさ、かね」

「ううん。朝じゃなくって、駅で切符を買うとき」

「人ちがいやろ。おっちゃん、けさは七時前に出たのやで」

「そんなことないです。切符の買い方、教えてくれて、同じこと訊いてました」

電車は速度を緩めて、雑木山の翳《かげ》りに滑りこんだ。闇がのしかかった。

おねえちゃん、それは俺やないで。おんなしこと訊いたのは、俺やのうてあいつなんや。


改札口を抜けると、子供らは津山とのかかわりを避けるように走り去ってしまった。高架線の下は暗渠《あんきょ》のような自転車置場である。左手に山を切り拓いたロータリーがあるのだが、階段を昇ってバスに乗る人影は疎らだった。

この駅前の風景ばかりは、盆中のせいではない。景気の良かったころに人口の増加を見込んで造成した設備はすべて、書割《かきわり》のようになってしまった。支線の先に計画された大規模なニュータウンも、建設なかばで頓挫しており、未入居のまま廃墟と化したマンションが多いという。ましてや地価が暴落して、余裕のある住人たちが都心に転居するのは道理である。

売店に立ち寄って、カップ入りの冷酒を買う。帰りがけのこの一杯だけが、津山の道楽になっていた。

煙草をやめたのも、健康のためではない。一箱の煙草か一杯の酒かと真剣に思案したあげく、酒を選んだのだった。売店の脇に身を潜めて、舐めるように酒を飲むと、命の崖っぷちに踏みとどまった幸福を感じる。

「お客さん、関西の人よね」

シャッターをおろしながら、売り子が声をかけてきた。

「うちの亭主も大阪なんだけど、三十年たったってまだ言葉が直らないんだわ。カッとすると、すぐアホって言うの。大阪ですか？」

いや、と津山は振り向きもせずに言った。

「姫路や。急な転勤させられてもうて」

「ふうん。それって珍しいわねえ、逆ならわかるけど」

人に訊ねられて出まかせに口にした地名が、嘘を重ねるうちに出身地になってしまっている。姫路という町をよくは知らない。

「医者に酒を止められとんのや。かみさんがやかましいさけ、ここで一杯ひっかけてく。不自由でしゃあないわ」

「ああ、それで帰りにはいつもうがいをしてくってわけね。やだわあ、もし倒れでもしたら、あたし共犯じゃないの」

自転車に埋もれた水呑場をちらりと見て、売り子はおかしそうに笑った。

酒の匂いを女房子供に悟られてはならなかった。むろん酒を飲んで帰ることよりも、こんなみじめな酒を飲んでいることを知られてはならなかった。だから、必ず口をすすいで帰る。

「大きなお世話や」

津山は言い返した。腹立たしいのは口をすすがねばならぬ理由ではない。見知らぬ土地に隠れ住んでいる自分が、そんなふうに観察されていることがたまらなかった。

「ところでおばちゃん――」

思わず口をついてしまった慳貪《けんどん》な言葉を埋め合わせるように、津山は会話をつないだ。

「いつもけったいに思とるのやけど、この駅、人の数より自転車の数のほうが多いやんか。どういうわけやろ」

「さあ。ずっと置きっ放しのがあるのよね。たしかに人の数より多いわ」

「泥棒の乗り捨てとちゃうか。それとも――」

夜逃げかいな、と悪い冗談を言いかけて津山は口をつぐんだ。子供らの自転車は、捨てた家に置き去りにしてしまった。

「ここはスペースもあるしね。誰が迷惑してるわけでもないから、警察も調べにはこないのよ」

「かっぱらわれたほうはたまらんわな」

「どこかから盗んでここに置いとくくらいなら、ここから持ってってくれりゃいいのにね。つまり自転車なんてものは、もう財産なんかじゃないってことよね。盗んだほうはそれほど悪気もないし、盗まれたほうは新しいのを買えばいいだけ」

ふと妙案を思いついて、津山は訊ねた。

「うっとこは自転車あらへんのやけど、一台ぐらい貰《もろ》てもええかな」

「かまわないんじゃないの。べつに勧めやしないけど。ほら、ずっと奥のほうに詰めて置いてあるのは、駅員さんが整理したやつだからね。あそこいらので、鍵もなくって埃《ほこり》をかぶっているのは、もうどうでもいいんじゃないかしら」

ごちそうさん、と津山はカップ酒を飲み乾して立ち上がった。

ずっと離れた国道ぞいに交番はあるが、この近辺でパトロールの警官には出会ったためしがない。もっとも咎められたところで、ありのままの事情を説明すれば、まさか罪を問われることもなかろう。

休みの日にペンキを塗りかえて新しい鍵を付ければ、問題は何も起こるまい。

「コップ、捨てとくわ」

空のカップを受け取ったとたん、売り子は津山の風体をしげしげと眺めて、怖いことを言った。

「それにしても、働き者よねえ。昼間はネクタイしめてバリッとしていたと思や、夜は夜で手を油だらけにしてさ。奥さん幸せだわ」

おばちゃん、背広着てここいらうろうろしとるのは、俺やないで。そいつは俺やのうて、俺とそっくりのあいつなんや――。

一杯の酒がひどく回ったのは、暑さでよほど体がへたっているからだろう。

休みを取ろうにも、日給の見習い社員ではままならない。人並みに盆の休みを取ってしまえば、来月が食えなくなる。

何億もの負債を抱えて倒産しながら、握って逃げたのはわずかな金で、そんなものは借家の敷金と最小限の家財を買い揃えれば、一文も残らなかった。要領が悪いのか浅慮だったのか、いやたぶん阿呆なのだろうと、今になって津山は思う。

だがともかく、きょうは一台の自転車を家族のみやげにすることができた。埃をかぶった山の中から引きずり出してきたものは、妻と娘が共用できるころあいのサイズである。

ただしタイヤの空気は抜け切っているから、乗って帰るわけにはいかない。ヘッドライトの電池も切れていた。まともな自転車はほかにいくらでもあったが、それを失敬すれば泥棒だろうと思い、どう考えても時効にちがいない一台をわざわざ選び出した。通勤電車で知り合った人から貰ったとでもいえば、妻も喜ぶだろう。

風の死んだ蒸し暑い晩である。街灯が消えているのは、虫篝の効果をあげるためなのだと、津山はいいかげん歩いてから気付いた。もっとも、農家の灯は消えているのに、彼らが経営するアパートや借家の灯は皓々《こうこう》ともっている。振り返れば駅のホームにも駅頭にも、いつに変わらぬ光が盛り上がっていた。

これでは虫篝の効果も、そうは期待できまい。津山の生まれ育った丹波の里では、虫篝を焚く晩ともなれば村じゅうが真の闇に返ったものだ。

街灯が消えているからには、役場もそのつもりでいるのだろう。つまり、土地の人々にしてみればここは相も変わらぬ農村で、都心に通勤する人々の家庭では、多少自然の環境に恵まれた東京郊外だと認識していることになる。だから役場と農家は旧来の習慣で灯を消し、新しい住人たちは知らぬ顔で過ごしている。

足元もあやうい闇の中をしばらく行くと、小川にかかった橋を渡る。そのあたりからは、田や畑の畔《あぜ》に焚かれる無数の篝火が望まれた。

古自転車を曳《ひ》きながら、芒《すすき》の生い茂る堤を歩く。いつだったか帰り途に蛇を踏んで、以来は回り道をして帰ることにしているのだが、油の切れた自転車を軋《きし》ませて歩くには近いほうがいい。蛇を踏んだのはよほどの偶然だったのだろうと思うことにした。

闇夜は胸に悪い。虫篝に囲まれて歩くうちに、今さら考えたところで詮のない悔いや、不義理をした人々への申しわけなさが、魔物のように被いかぶさってきた。

ほかに手立てはなかったのだろうかと思う。少なくとも家族うち揃っての夜逃げが、最善の方法ではなかったはずだ。

丹波の兄にはむろんのこと、妻の実家からも借金をしてしまった。何とか会社を支えるための金だったが、今となっては返済する方途はない。苦心した分だけ、頼るべき身内を失ってしまった。

罪のない女房子供を、こんなふうに引き回すことはむろん本意ではないけれども、家族を喪《うしな》ってしまえば生きる気力もうせるにちがいなかった。

四十という年齢、これがどうとも厄介なのだ。一からやり直すのには、けっして若いはずはなく、かと言ってすべてをあきらめるほどの齢ではない。まだこのさきどうにかなりそうにも思えるし、もはや人生の勝負あったという気もする。その中途半端な年齢が、あとさき考えずの逃亡を決心させたのだった。

家が近付くほどに、心はいよいよ塞いでしまった。

息子は口癖のように、おうちに帰ろうと言う。帰らへんのなら、ゲームやおもちゃを取りに行こうと泣く。

娘は紙のピアノを拡げて、レッスンを続けていた。

すべてを捨ててきてしまった。自分にとっては家族だけが守るべき財産であっても、子供らにとっては、家に残してきたゲーム機やピアノや、自転車や机や人形や服や靴が、かけがえのない宝物であったはずなのだ。それらを買い揃えるまでには、このさき何年かかるかわからない。いや、仮にその日がいつかやってきたとしても、子供らの宝を取り返したことにはなるまい。

齢の離れた妻は、津山のすることに文句をつけたためしがなかった。文句がないはずはなく、つまりそういう性分なのだ。亭主の不始末を罵るかわりに、子供らを寝かしつけてから台所で泣く。津山にしてみればその気性がかえって辛くてならないのだが、やさしい言葉のひとつもかけられないのはこちらの性分で、つい「なにメソメソしとるのや、しっかりせなあかんやないか」と叱咤してしまう。

自分はともかく、妻はもう限界なのではないかと思うと、ときおり家に帰るのが怖ろしくなった。

土手道を歩き詰めると、やがて畑の先に何棟かの借家が見える。西の端の欅《けやき》の木の下が、二間に小さな台所と風呂場がついたわが家だった。

津山は立ち止まった。窓に灯りがなかった。

もしや妻と子らが、灯のない家の中で冷たくなっているのではないかと思ったのだ。妄想にはちがいないが、多分に起こりうる現実だった。

家族の骸《むくろ》を前に、なすすべもなく立ちすくむ自分の姿を、ありありと想像してしまった。

「津山さあん、こんばんは。今お帰りですか」

虫篝の向こうから声をかけてきたのは、津山の住まう借家の家主である。

「ひと夏にいっぺんのことだけんど、蚊もずいぶん減りますからなあ。ちょいと煙たいが、まあ辛抱して下さい」

このあたりの土地持ちはみな億万長者にはちがいないのだが、大家の暮らしぶりは旧に変わらぬ百姓そのものだった。畔道に軽トラックを停め、地下足袋《ぢかたび》に頰かむりをして、篝火に枯草を投げ入れている。

畑越しの暗い窓を見つめる津山の視線を追って、家主も振り返った。

「心配するこたァねえよ。おたくの奥さんだけが、回覧板の通りに電気を消してくれてんだ。役場からは宣伝カーまで出して、きょうは虫篝を焚くから電気を消してくれって言ってんのに、どこの家も知らんぷりだあ」

ああ、そういうわけだったかと、津山は胸をなで下ろした。言われてみれば、いかにも几帳面な性格の妻らしい。

家主には詫びておかねばならぬことがあった。

「あのう、大家さん。保証人のことなんやけど、延び延びになってしもてすんませんな。近いうちに親類の者と連絡とりますさけ、もう少し待って下さい」

はあ、と家主は忘れていたことのように首をかしげた。

「なんだ、そんなことかね。たかだかの家賃の保証人なんて、べつにいつだってかまわねえよ。無理はしなさんな」

家主はおそらく、津山の特殊な事情をうすうす知っているのだろう。顔を合わせても無駄な話はせず、そのかわり労《いたわ》りとも聞こえる言葉をぽつりと添えてくれる。八十に近いというが、ひとりで畑を切り盛りしていた。

「きのう、お嫁さんが来ィはりまして」

舌打ちをしながら、家主は津山が佇む堤に歩み寄ってきた。

「まあったく、ぐだぐだと細かい女でよお。もっとも嫁にくる前は農協の出納にいたんだから仕方ねえんだが。築三十年の借家に、何が保証人だ。気にしなさんな、俺から言っとくで」

軽トラックの荷台に伸び上がるようにして、家主は両手に缶ビールを提げてきた。

「一杯つきあってくれや。ちょいとぬるくなっちまってるけんど」

よっこらせと唸って、家主は刈り込まれた斜面に腰をおろした。ビールを受け取ってかたわらに座ると、野良着の汗の匂いがむしろ快く津山の鼻に届いた。

幸福な老人なのだろうと思う。他人の生活をあれこれと想像して、少なくとも自分よりはましな境遇をうらやむのが、津山の習い性になっていた。

「悪く思うなよ、津山さん。あれはあれで、よくできた嫁なんだ。しかし、なんでまたわざわざお宅にまで行って、保証人がどうのなんぞと言ったのかね」

「まあ、うっとこもいろいろわけありなもんで、気にしたはるのとちゃいますか」

「世の中の人間は誰だってわけありだあね――や、待てよ」

と、家主は篝火を眺めながら、ひとくち喉を鳴らした。

「はあ、わかった。こないだガソリンスタンドで、あんたの兄さんだか弟さんだかに会ったと言ってたな。そんで、保証人のけりがついたと思って、書類を貰いに行ったんだ。ちがったんかい」

すっと背筋が寒くなって、津山はあたりの闇を見渡した。あいつがどこかから、自分を見張っているような気がした。

「兄弟なら、田舎に兄がひとりいてますけど、事情があって行き来はあらしません」

「心配して様子を見にきたんじゃあねえのか。あんたにそっくりで、嫁は思わず声をかけそうになったそうだぜ」

「いやいや、その兄貴いうても、俺とは似ても似つきまへん。とんだ人ちがいですわ」

「おっかしいなあ」

家主は頬かむりを取って、老いた首筋の汗を拭った。隣人の話によると、家主は地域の民生委員を長く務めた篤志家で、数年前には勲章も貰ったのだという。みてくれは絵に描いたような老農夫だが、篝火に照らされた横顔は、なるほどひとかどの人格者に見えた。口にこそ出さぬが、悩み事を聞くのはやぶさかではないとでもいうような、懐の深さを感じさせる。

「名前も津山さんだとよ」

え、と津山はビールを飲み下して慌てた。

「真白のベンツに乗ってて、暑いさなかにバリッと背広を着ててよ。そんなふうだからうちの嫁も、まあ似た人もいるもんだと思ったそうだ。そしたら、洗車がすんだあとでスタンドの店員が、津山さまあって呼んだんだとよ。そいつはカードのサインをして、知らん顔で行っちまったただが、ありゃあどう考えたってあんたの兄弟だろうって。ああいう立派な身内がいるんだから、おとうさんも心配することァ何もないよって嫁は言ってた」

家主はそのまま黙りこくってしまった。津山の耳に轟く鼓動は、けっして酔いのせいではない。さしあたってこの老人に聞いて欲しいことは、個人的な境遇などではなかった。このところ気にかかってならぬ、あいつの話だ。

あんな、大家さん。ほんましょもない話なんやけど、聞いてくれはりますか。

うっとこではおちゃらけて、「パパもどき」いうてます。女房の命名ですのんや。あいつは大人しい女ですけど、あんがいユーモアのセンスがあって、笑いながらそないな名ァを付けました。

本心をいうと、おちゃらけでも言わな怖ろしゅうてかなわんのですわ。

うっとこの事情は、大家さんもおよその見当つけてはる思います。へえ、この春に不渡り飛ばしまして、命からがら逃げてきましたんや。そらもう、きょうびのテレビでも映画でもなく、こないな絵に描いたよな夜逃げがあるかいないうぐらいの、身ィひとつですわ。

あ、そうはいうても、今ではきちんと職にもついてますし、大家さんの迷惑になるよなことは何もあらしまへんさけ、どうか胸にしもうといて下さい。

もともとは叩き上げの職人ですのんや。工業高校出て、ボイラーと危険物の免許持ってます。若い時分にはようけ貧乏もしましたし、他人様が気の毒がるほど本人は苦にしてまへん。女房とも、「振り出しに戻ってしもたなあ。一から出直しや」いうてます。

あんなあ、大家さん。うちの会社は大手ゼネコンの下請けしてましてな、そら景気のええころには、関西一円でいつも十や二十の現場を抱えてたんですわ。ビルの空調設備とメンテです。正社員も二十人からおって、下職まで算《かぞ》えたら、五十人かそこいらの若い者に飯を食わしとったんです。これ、自慢話やなく、ほんまのことでっせ。

堀川の通りに面して、ごっつい看板も出しとりましてな。「津山産業株式会社」て。バブルで躍った連中のように、阿呆なことはせえへんかったんですけど、ゼネコンと銀行とにうまいことやりくられてまいました。

いつも、バリッと背広を着て、ネクタイ締めてました。車は白のベンツです。もっとも、会社が潰れるころには、車も売り飛ばしてましたし、自宅も三番抵当まで設定されとりましたけどな。

一番が銀行で二番が手形を割ってもろてた商売仲間、三番はやくざまがいの町金融です。潰れるまぎわには、女房と共同振出の手形まで書かされまして、兄貴にも女房の里にも裏書きまでしてもろてたんですわ。あっさり手ェ上げればこないなことにはならへんかったんですけど、親兄弟まで巻きこんでしもたさけ、何としてでも凌《しの》がなならん思いましてな。結局は、夜逃げでもせんことにはにっちもさっちもいかん羽目になってしもた。

今さら言いわけするつもりはあらしまへんけど、俺、遊びは知りまへんのや。酒かて今さっき駅前でカップ酒を一本飲んだら、この通り缶ビールかて持て余すぐらいです。

道楽ゆうたらまあ、家族みたいなもんです。女房のことは好っきゃし、子供らは可愛くてたまらへんのです。せやから、不渡り飛ばしたときは、もう頭ん中が真白になってもうて、ともかくこいつらと一緒に逃げよ思うたんですわ。いっときでも手離しとうなかったんです。

俺は、おふくろが四十を越してからの恥かきっ子でして、ふた親を早《はよ》うに亡くしとるんですわ。そんで、工業高校にも京都の親類の家から通わしてもろてましてん。

女房とは早うに所帯持ちました。金がのうてなかなか子ォは作れへんかったんですけど、独立して会社起こしたころにおねえちゃんが生まれまして、六年おいて倅《せがれ》がでけて、一年前に三番目が生まれましてん。間があいてますのは、ごぶさたしとったわけやのうて、女房がそう体の強いほうやなかったからですわ。

なあ、大家さん。

世の中には他人の空似いうことはままありますし、おんなし顔の人間が三人はいてるとか言いますやろ。

せやけど、こないな偶然、ありますかいな。

俺がここいらに落ち着いたのは、東名を下りてからあちこち走り回って、いっちゃん田舎や思たからです。どないに考えても、知ってる顔に会うはずないわな。

たしかに、潜伏先としては安全ですわ。知り合いにばったり出喰わす気遣いなど、あらしまへん。いまだに通勤電車の中では用心してますけど、ボイラーマンいう仕事も、その点では好都合ですわ。

それでも見知った顔に会うならまだしもわかりまっせ。俺とうりふたつの男がここいらをうろうろしてるいうの、何です、それ。しかも、背広着てネクタイ締めて、白いベンツに乗っとるそやないですか。名前まで同じやて、気色悪いにもほどがあります。津山などという名前、そうはいてへん。それとも、東京には多い名ァですか。はあ、そうでっしゃろな、多いはずはないですやろ。

初めは笑い話でしたのや。「パパもどき」なんぞと女房が命名するほどの。引越してきてから一ヵ月も経たへんころでしたやろか、娘が学校から帰ってくるなり、妙なことを言い出したんです。

「パパ、ベンツどこに置いてあるん」

そないなもの、京都にいてるころに売り飛ばしてます。きついこと聞きょるなあ、て思うたもんですわ。

「ああ、車なら売ってもうたで。そのうちまた買《こ》うたるさかいな」

「うそや。パパがベンツに乗ってるの見たもん。ネクタイ締めて、タバコくわえて運転してはった」

「人ちがいや。タバコかてとうにやめとるで。えげつないこと言わんとき」

気色悪いいうより、腹が立ちましてなあ。何やこう、娘に不始末を責められとるような気がして。

どやしつけてもうたんです。ほしたら、娘はひどくガッカリしましてな。叱られていじけるのやなく、女房そっくりの溜息ついて、ガッカリしよったんです。

あんときは辛《つろ》うおましたな。娘はそないなまぼろしを見るくらい、元の暮らしを恋しがっているのか思いました。会社が潰れたのも、生まれ育った家を捨てて東京に逃げてきたのも、小学校六年ともなれば事情はわかっとるやろけど、ほんとうはそやないのやないかって、娘は娘なりに希望を持ったのとちゃうかな。パパはベンツも金も、どこかに隠しとるのやないかって。

女房はそれを聞いて、「そらパパもどきや。世の中にはそっくりの人が三人いてるいうやんか。パパもどきやで、ゆうちゃん」と笑いました。

まあ、それはそれとしましてな、しばらくしてから、夏のかかりのころやった思いますけど、こんどは倅があいつとニアミスしましてん。

いや、ニアミスやない。あいつ、倅の目に触れただけやなく、向こうから声かけてきよりましたんです。

夕飯を食いながら、倅がふいに言うたとき、俺も女房ももう笑えへんかった。

「あのなあ、パパ。きょう、ちびっ子広場でパパもどきに会《お》うたで」

箸が止まってしもた。

「そらパパやない。パパは会社行っとった」

「うん、わかってる。あれはパパもどきや。みんなと一緒にサッカーして遊んでくれはった」

女房は「やめとき」と声をあらげたんやけど、俺は続きを話せ言うた。怖いもん見たさいうところですな。

「広場のそばにベンツ停めてはった。うっとこにあったのとおんなし、白のS600やで。ボールが飛んでって、その車の下に入ってしもたんや。ほしたらパパもどきが運転席からおりてきはって、拾ってくれはった」

そんでどないしたと、俺と女房は思わず飯茶碗かかえたまま声を揃えましたで。

「ゴールキーパーしてくれはった。友だちは三人しかいてなかったから、ゲームはでけへんやろ。せやからPK戦をしたんや。パパもどきがキーパーで、かわりばんこに蹴ったんやけど、いっぺんもゴールでけへんかった。あの人、サッカーうまいわ。学生のころはゴールキーパーしとったんやて」

また怒鳴りつけてしもた。

しょうもない話を叱ったのやなくて、嫉妬ですわ。

あのな、大家さん。実は俺、高校のころはサッカー部で、インターハイにまで出とるんです。それもゴールキーパーでっせ。

そらワールドカップぐらいは倅と一緒にテレビ観ましたけどな、ボール蹴って遊んでやったことはまだないんです。暇もなし、日曜はクタクタやし、そのうえ四十肩いうのが出て、せがまれてもようせんのですわ。

こいつ、イヤミ言うとんのか思たら、ムカッ腹がたちましてん。

「ほんで、それからどないしたん」

と、女房はベソをかく倅に訊いた。

「一時間ぐらい遊んでくれはって、どこかへ行ってもうた」

「何か言うたはったか」

「うん。おまえもいろいろと大変やろけど、もう少し辛抱せえ、言うたはった」

「そないな言い方しいはったんか。関西弁つこうたんか」

うん、と倅は肯《うなず》きました。

「声までパパとそっくりやった」

女房はもう黙りこくってしまいましたんで、話は俺がしめましてん。

「大きなお世話や。おまえ、二度とあいつにかかわり合《お》うたらあかんで。パパのふりをした誘拐犯かも知れへんよってな。このつぎ見かけたら逃げるんやで、ええな」

とまあ、そないなことがあったんですわ。その後は倅からも娘からも、パパもどきの噂は出えへんさけ、家族の前には現れてへん思いますけど。

女房との間では、あいつの話はタブーですのんや。二人で話し合《お》うたら、冗談になりまへんやろ。

考えてもみて下さい。あいつは羽振りのよかったころの俺ですのんや。女房子供からすれば、家族思いでお金持ちで、強くてやさしいパパですのんや。そないな者にうろうろされたら、俺の立場があらへんやないですか。せやから女房がそのことを何か言い出そうものなら、「じゃかましい。おまえまでなにアホなこと言うとんのや」て、どやしつけました。

俺なあ、大家さん。女房子供の苦労はようわかっとるのやけど、どないなわけか昔みたいに、やさしくでけまへんのや。心の余裕がのうなってしもたんです。

頭下げたところでどうなることでもなし、かえってファイトがそがれてしまうがな。から威張りでも何でもええやないですか。俺が泣きを入れたら、それでしまいや思います。

一所懸命にやっとれば、いつかこないな暮らしも笑い話になるやろて。

はあ……ちゃいますか。そうですか。やっぱりきちんと、あやまったり説明したりせえへんとあかんのですか。毒性《どくしよう》やな。俺、そないなことようしいひん。

このところ女房が塞ぎこんどるのも、そのせいですかいな。何やこう、ぼうっとしとりますねん。見えぬものを見とるみたいに、視線が宙に浮いとりますのや。ほんでときどき、口癖のようにこないなことを言いよる。

「あんた、子供らのこと、ほんまに愛してはる？　幸せを希《ねご》てはる？」

あたりまえや。俺な、大家さん。おのれひとりの幸せなんぞ、ただのいっぺんも希たことないんです。

もっとも、そないなせこい根性やから、会社を潰したのかもしれへんな。社長いうたかて、俺は鍋釜ひとつで女房と暮らしていたころと、どこも変わってへんかったもの。男は変わっていかなあかんのや。それがでけへんかったから、器の大きなやつらに押し潰されてしもた。

いっそ首吊って、保険金おろしたろか思うたこともあります。せやけど、あのお人好しの女房が、不義理した人たちにそっぽうを向いて、たかだかの保険金を守り通せるとは思えまへん。そないなことになったら、女房と子供らだけで路頭に迷うよなことにもなりかねまへんやろ。

それに、子供らには父親が必要ですわ。俺が頑固者のわりに気が弱いところがあるのは、ガキの時分に父親に死なれたからです。教えることのあるうちは、子供らに寄り添うていてやりたい。俺、子供らが生まれたとき、初めて語りかけた言葉はみなおなしやもの。

「パパはおまえが一人前になるまで、死にはせえへんからな。ずうっと、おまえのそばにいてるさかいな」

さて、どないしたものでっしゃろ。

正直いうて、もう限界やないか思います。俺が平気や言うても、家族がもちまへんわ。あいつはたぶん、子供らの希望ですのや。昔のパパにいくらか似てる男を、ほんまの俺や思て、今の苦労をごまかそうとしとるのやないですか。

そう思えば、どこのどなたさんか知らへんが、大きなお世話やな。

俺の目の前に現れたら、ぶん殴ってやろう思てますのやけど。

そうかい。ま、いろいろ事情はあるんだろうとは思っちゃいたけんど、そういうわけだったかい。

俺のことなら気にせんでいい。これでもついこの間まで民生委員をしとったし、保護司というのもな。グレた子供とか、執行猶予中の犯罪人とかをお預かりする役目です。

まあ、いわばボランティアのプロだから口は堅《かて》え。

でもよお、津山さん。あんたの話、肝心のところがおかしいぜ。そうは思わねえか。

その「パパもどき」ってのが、子供らの幻想だということはわかる。そしたらなぜ、うちの嫁が会ったんだ。よかったころのあんたと会う義理は、まさかうちの嫁にはあるめえ。

よおく考えてみな。言われてみればほかにも、何か思いあたるふしがあるんでねえのか。

ゾッとするよなあ。とうてい他人事《ひとごと》とは思えねえ。

あんたは偉いと思うぜ。いや、お世辞じゃねえ。とことんまで家族を守ろうって、そりゃあ口で言うのは簡単だけんど、そうそうできることじゃありません。人間、命のかかったギリギリのところまで追いつめられりゃ、てめえのことしか考えなくなるものさ。奥さんもてえしたもんだ。ふつうならとっくに別れてる。不義理をしちまった里には帰れねえにしろ、籍さえ抜いちめえば気楽に生きて行ける。共同振出の手形なんてあんた、離婚した女房を追っかけて行くほど、やくざ者だってアコギじゃねえよ。奥さんには感謝しなけりゃいかんな。どんな苦労をしてでも、とことんあんたを見捨てねえんだから。

あのな、俺は長いことボランティアをやって、そういうケースはいやというほど見てきてるのさ。たとえば、女房が何か不始末をしたときな、その亭主というのはけなげなもんで、せっせと尻拭いもするし頭も下げて回る。女房のあやまちは俺の罪だってわけだ。

この近所にも、昔の男にそそのかされてシャブ漬けにされた女房がいた。亭主が汗水流して働いている間に、そのろくでなしと乳くり合ってたのさ。まず男が先にパクられて、芋づる式に女も挙げられた。保護観察付きの執行猶予で俺が面倒を見ることになったんだけんど、その最中にまた、もとの仲間とひっついてシャブを打っちまった。執行猶予中の逮捕だから救いようがねえ。一年六ヵ月の判決に二年をのっけられて、しめて三年半の実刑だ。

俺も顔に泥を塗られたわけだし、亭主には別れろと言ってやった。それこそ大きなお世話かもしんねえけど、同じ男としちゃあ我慢がならなかったのさ。

ところがその亭主は、離婚するどころか小せえ子供を二人抱えたまま、三年半をじっと待ってたんだ。その間、毎月のように和歌山の刑務所まで面会に行ってやがった。

まあ、女房の不始末ってえケースは珍しいけんどな。だが、男はけなげなものさ。

これが逆だと案外そうはならねえ。亭主が不始末をしでかしゃ、女房はとっとと逃げるもんだ。子供だけは守るっていう母親の本能もあるのかもしんねえけんど、だいたいアッサリと別れちまう。未練なんてこれっぽっちもありゃしねえ。

だからよ、津山さん。あんた、奥方には感謝しなけりゃいけねえよ。辛く当たるなんてのはもってのほかだ。見捨てねえでくれって頼むのは、女房子供じゃなくってあんたのほうなんだぜ。

ま、そりゃそれでいい。あんただっていっぱしの苦労人なんだから、わかっちゃいるだろう。

不景気だ何だって言ったってよ、いい世の中だな。働きさえすりゃあ、ともかく食うには困らねえ。

東京オリンピックからこっち、どうしようもねえ人間を百人の上は面倒見てきたけんど、体のいいやつはみんな何とかなった。景気のよしあしなんてものは、ある程度まともな暮らしをしているやつらが口にすることだな。生活保護だの執行猶予中だの、人生ぎりぎりのところで踏みとどまってる人間にとっちゃあ、それほど関係ねえのさ。ともかく、働きさえすりゃあ飯が食える。職がねえなんていうのは、選り好みをする余裕のあるやつが言うセリフだ。

みんな、何とかなった。

けどよう、津山さん。追いつめられた人間はずいぶん見てきたっけが、よかった時分のてめえが現れるっての、そんな話は聞いたためしがねえ。

あのな――いや、やめとくべい。他人様に言う話じゃねえ。

生殺しだってか。べつに勿体《もったい》つけてるわけじゃねえんだが、どうしても聞きてえかい。

まいったなあ、つい口をすべらせちまった。あんたの話を聞きながら、俺ァずっと鳥肌が立ってたんだ。

あ、虫篝が消えちまう。ちょいと火をくべてくるで。

そうかね。どうしても聞きてえだか。

俺ァ、ひでえ戦《いくさ》をした。

忘れようにも忘れられねえけんど、忘れることにした。勝手にそう決めたんだ。あんたの生まれる、ずっと前の話さ。だからよ、津山さん。人を見るときにゃあ、あんましうらやましそうな顔はしてくれるな。今がよくたって、ひでえ昔を背負っているやつは大勢いるんだ。そういう俺から見ると、あんたの目付きはいつだって気に入らねえ。

だが、今さっき話を聞きながら、ああ無理もねえなあと思った。世の中がいくらかはよくなったにせえ、あんたはあのころの俺と同じぐれえ追いつめられてるんだとわかった。

ああ、やだやだ。思い出したくもねえ。

ともかく、内地の人間がひとからげに南方と呼んでいた、遠い島での出来事だ。大本営の参謀が地図の上であれこれと考えた通りに動かされていたら、ひでえことになっちまった。米兵も豪州兵も見たことがなかった。鉄砲だって一発も撃ってねえうちにうっちゃらかして、俺ァ幽霊みてえにジャングルの中をさまよっていたんだ。

銃を捨てたのに弾だけ持ってたのは、火薬を抜いて火を熾《おこ》すためさ。鉄甲《てつかぶと》も捨てたけんど、飯盒《はんごう》は持っていた。フォークも。おかしいだろ、日本兵がフォークっての。ジャングルの中はシダと蔓《つる》ばっかりでよ、箸になるような枝がねえのさ。

兵隊にとられたときは二十貫ちかくもあった甲種合格の体が、戦が終わってジャングルから這い出たときには、十二貫目になっていた。しかもマラリアの熱にうなされて、手足の傷にはウジが湧いていてよ。初めて出会った米兵は、銃を向ける間もなくヘドを吐きやがった。

ジャングルをさまよいながら、何べんも覚悟を決めたな。こんな思いをするんなら、ひと思いに死んだほうが楽だろ。

ときおりジャングルにポンポンと音がする。戦をしてるんじゃなくって、覚悟を決めた日本兵が手榴弾で自決するんだ。俺は手榴弾を持っていなかったから、靴紐をほどいて首を吊ろうとしたんだけんど、腐れ紐がぶつりと切れちまってよ。ゲートルはとうに焚きつけにして燃しちまったし、蔓をたぐってぶら下がるのも億劫だし、仕様がねえから死ぬのはやめて、虫を食ったり傷口に湧いたウジを食ったり、てめえの血を吸った蛭《ひる》を食ったりした。

鬱蒼《うっそう》とした密林に、わずかな月の光が縞模様を落とす、そんなある晩のことだ。

苔の上に紙っぺらみてえな体を横たえて寝ていたら、がさごそと音が聞こえたんだ。

怖いなんて気持ちはこれっぽっちもねえのさ。蛇かトカゲだったら逃がしちゃなんねえと思った。そんで、現金なもんだな、動くこともままならねえ体をひらりと俯せにして、音のするほうへ匍匐《ほふく》して行った。

みっしりと苔の生えた大木の根元に、人影が蹲《うずくま》っていた。

怖いものは何もねえと言ったがよ、もし怖いものがあるとしたら、そらァ俺と同じ餓鬼になった兵隊さ。ことに銃を持っているやつは危ねえ。獣みてえに撃ち殺されて食われちまう。後生大事に鉄砲を持っていたやつは、みんなその手合いだった。妙に顔色がよくって、体もしっかりとしている兵隊がたいてい二人一組になっていて、俺みてえな遊兵を殺して食っちまうんだ。それまでにも俺は、そういうやつらに出喰わして命からがら逃げたことが何度かあった。

月の光を照り返す銃を見たとたん、俺は後ずさった。だが、よおく目を凝らして見ると、どうも妙なんだ。そんなに様子のいい日本兵を、俺は何ヵ月も見たことはなかった。連れはいねえらしい。鉄甲を冠って、うなじには日除け布を垂らしている。まるでおろしたてみてえな戦闘服を着ていて、ゲートルもぴしりと巻いてるんだ。さすがに背嚢《はいのう》までは しょっちゃいなかったけんど、雑嚢と水筒をたすきがけにしていて、背中には円匙《えんび》までくくりつけてやがった。つい今しがた上陸したばかりみてえな軍装だぜ。俺はふと、とうとう援軍がやってきて、そいつは斥候か何かじゃねえのかと思った。

だとしてもおかしい。援軍が上陸するのを敵が指くわえて見てるはずはねえんだし、アメリカの戦闘機は毎日のんびりと頭の上を飛んでるんだから。

やっぱり人食いの一味かなと思い直して、俺は腰のゴボウ剣を抜いた。もし気付かれたら、撃たれる前に躍りかかってやろうと思った。そうさ、今までみてえに逃げるんじゃなくって、一対一ならこっちが食ってやろうと思ったんだ。

そのうち、雲が晴れたかどうかして、そいつの姿が月あかりの中にすっぽりと入った。顔は鉄甲の翳《かげ》になってよくは見えなかったけんど、襟《えり》の階級章が見えた。赤い地に金筋入りの兵長で、俺と同じだった。もっともこっちは、その階級章だってわずかな焚きつけに使っちまってたんだが。

俺が立ち上がる前に、向こうが気付いた。

「誰《たれ》か！」

兵隊は機敏な動作で、屈んだまま銃を構えた。食ってるやつにはやっぱりかなわねえや。据銃したとたんに、ガシャッと槓桿《こうかん》を引きやがって、銃口は正確に俺を狙っていた。

「誰かァッ！」

歩兵の教本によれば、誰何《すいか》三度に及ぶも返答なき場合は射殺してよい、ということになっている。やつとの距離はほんの二十メートルばかりで、射線から身を躱《かわ》すことなんぞできそうになかった。

やつの正体はわからねえ。だが、もし司令部の伝令か何かだったら、食い物のある場所まで連れてってもらえるかもしれねえんだ。

「第一中隊、小島兵長」

俺はよろよろと立ち上がって、蚊の鳴くような声で答えた。すると兵隊は銃をおろし、さらに目を凝らしながら言った。

「誰だ、おまえ」

三度目の誰何じゃなくって、ふしぎそうな声でそう呟いたんだ。

「そっちこそ、名を言え」

俺は草むらから歩み出て訊ねた。とたんに返ってきた答えは、再び俺を立ち止まらせたよ。

「俺は一中隊の小島兵長だ。俺を知ってるのか。それとも、ほかの部隊の小島兵長か」

俺の所属部隊は——と、おかしなことに俺たちは異口同音に、まったく同じ部隊名を口にした。

わかるかい、津山さんよ。

この話は、かかあにも伜にも言わずに、ずっと俺の胸にしまっていたんだ。口にできるような話じゃねえべ。

ともかく俺ァ、あの晩のうちに死ぬはずだった。あいつが現れてくれなきゃ、あくる日のお天道さんは拝めずに、ジャングルの苔の上で息が上がっちまっていたと思う。眠ったまま目を覚ますこたァ、たぶんなかったな。

おいおい、早合点はすんな。何も俺ァ、あいつを殺して食ったわけじゃあねえ。

二人とも黙りこくっていた。そりゃあそうだろ。もうひとりのてめえなんかと、話をする気にゃなれんわな。

あいつは俺に岩塩のかけらを一粒しゃぶらせた。食い物をよこせと手を出すと、黙ってかぶりを振った。それから手際よく火を熾し、軍足にくるんだ宝石みてえな米を飯盒に入れて、重湯をこしらえてくれたんだ。

飢えた人間がいっぺんに物を食うと死んじまうのさ。だからあいつは、雑嚢の中にあった乾パンも牛缶も、俺に食わせようとはしなかった。

塩を舐めたとたんに、頭がすうっと冴えた。唇も舌も灼きながらガツガツと重湯をすすると、それだけで鉄の塊を呑みこんだみてえに、体が重たくなった。救《たす》かったのか、それともそのまま死んじまうのかわからねえような気分だった。どっちでもいいやと思ったな。

俺は眠ったんじゃなくって、腹に食い物が入ったとたんに気を失ったんだと思う。ほんの五分か十分、寝転んだ足の先の、月あかりの斑《まだら》紋様が動かねえぐらいのわずかな時間だった。

　ふと目を開けると、燻《くすぶ》った焚火の煙の向こうに、遠ざかって行くあいつの後ろ姿が見えたんだ。一瞬、わけがわからなくなった。ジャングルに歩みこもうとするあいつのなりは、さっきまでの俺だったのさ。

　そうだ。ぼろぼろの戦闘服を着て、持ち物といったらゴボウ剣と飯盒だけの兵隊だ。俺は身を起こして体じゅうをまさぐった。鉄甲は顎紐でしっかりとくくりつけられ、食料のぎっしり詰まった雑嚢と水筒をたすきがけにして、円匙まで背負っていた。手には銃を握っていた。

「おおい、おおい」と、俺は呼んだ。まさか小島兵長という名前を口にするわけにはいかなかったから、ただそう呼んだ。するとあいつは、木《こ》の間《ま》がくれに落ちてくる月の光の中で、よろよろと回れ右をして、力のない、招き猫みてえな敬礼をしやがった。

　わけがわからねえ。だが、俺たちが入れ替わったのはたしかだ。あいつは俺で、俺はあいつなんだから、持ち物や着ている物を取り替えたんじゃねえさ。魂だけが入れ替わったんだ。

　わけがわからねえ。だが俺ァ、有難さで涙が出た。

「おおい、おおい、どこへ行くつもりだ」

　あいつは挙手した指の先をすべらせて、みっしりと蔓に被われたジャングルの闇を指さした。

「俺と、日本に帰ろうや。生きて日本に帰ろうや。おやじもおふくろも待ってるぜ、おめえ、許婚《いいなずけ》だっていようが。生きて帰らねえと、畑も荒れちまうし、おめえがいなけりゃ村祭りも始まんねえだぞ。なあ、俺と一緒に日本に帰るべえや」

あいつは答えるかわりに、ゆっくりとかぶりを振った。それだけはできねえ、とでもいうふうにな。それから、醬油で煮しめたみてえな戦闘帽を脱いで、まるで百姓が野良でするようなお辞儀を、ぺこりとしやがった。

ごちそうさんでした、とでも言ったつもりだったんだろうか。

あいつは深い緑の闇に消えた。腰の飯盒に収めたフォークが、いつまでもカラカラと心細い音をたててやがった。その音もやがて鈴を振るみてえに、遠ざかって消えちまった。

あんなあ、津山さん。この話ァ、錯覚でも思いこみでもねえんだぜ。ましてや神仏の功徳なんかであるもんかよ。

死ぬのは簡単だし、生きるのは難しい。その難しいほうを選んで、誰よりもとことん苦心すりゃァ、しめえにはわけのわからんことも起きるんだろう。神様が俺を救ってくれたんじゃあなくって、俺ァ、俺を殺そうとする神様と力較べをしたんだ。そんでとうとう神様を負かしちまった。てめえが、てめえの命を救った。

この話は誰にもしちゃいなかったが、あんたが先に言ってくれたから、俺もしゃべる気になった。てことは、ほんとうはあんがい大勢の人間が、同じ経験をしているのかも知れねえな。口に出さねえだけじゃねえのかな。

ともかくあんたの話は、とても他人事たァ思えねえや。

ああ、火が消えちまう。も少し燃してえけど、灯りを消してる家には迷惑だろうから、てえげえにしておくとするか。

「大家さん、ひとつだけ訊かしてもろてもええですか」

津山は自転車を起こして、歩き出しながら訊ねた。

「元気の出る話を聞かせてもろたんですけど、話に嘘はなかろうなあて、ちょっと怖くなりましてん」

「嘘かね。嘘と言われりゃあ、身も蓋もねえけんど」

「話は、信じてます」

「ほう。だったら何が嘘なんだね」

「もしかして、魂が入れ替わったんやないんやないかと思たんです。大家さんは初めから、元気な兵隊やったのやないんですか。銃も食料もようけ持ってはって、もうひとりのぼろぼろの自分を、ジャングルの中で見ィはったんとちゃいますやろか」

大家は答えてくれなかった。畔道に自転車を曳きながら、津山は灯りのないわが家に向かった。虫篝はあらかた消えて、畑は闇に返っていた。月あかりにしらじらと映える道を、津山は魂の抜けたように歩いた。

再起を希《のぞ》んでいるわけではなかった。そんな闘志はどこにも残ってはいない。いや、そもそも自分自身の幸福を希っていたわけではなく、愛する妻と子らの幸せを、わが幸せとしていた。きれいごとではなく、男とは本来そういう本能を持った生き物なのだと、今さらのように思い知った。

ひどい戦をしたのだ、と津山は思った。

命だけを抱えてジャングルをさまよい歩き、見知らぬ土地の梨棚に囲まれた借家に追いつめられ、そしてたぶん――家族はこの夜が明けぬうちに、枕を並べて死ぬのだろう。人間を殺そうとする神様と、力較べをしたあげくに。

砂よけの垣根に沿ってしばらく歩くと、欅の大木の影がのしかかった。窓にも玄関にも光はなかった。

自転車を置いて、津山は玄関の柱にかかげられた家族の表札を見上げた。郵便配達しか気付かぬほど小さな蒲鉾《かまぼこ》板に、妻が家族の名を書いたのだった。

そないなもん書いて、居所をつきとめられたらどないするつもりやと、津山は妻を叱った。三億の借金やど。殺されても文句は言えへんのやで。

妻が夫に抗《あらが》ったのは、その一度きりだった。

せやけど、うちら家族やないの。会社の看板おろしたかて、家族の表札おろすわけにはいかへんやんか。ゆうちゃんの学校の先生も来はるし、近所の目ェもあるし、これだけはわがまま言わして下さい。

立てつけの悪い玄関の引戸を開けるには、勇気が必要だった。テレビの音も聴こえず、人の気配は何ひとつ伝ってはこなかった。

堪忍しいや。俺な、神様と戦うてしもた。しょうもない戦争してもうた。目先のことばかりに追われて、そないな戦しとるとは考えてもいてへんかった。

「ただいま。今帰ったで。虫篝ももうしまいやさけ、灯りつけてええで」

答えはなく、篝の消えたとたんに鳴き始めた夜蟬の声だけが、暗い家の中になだれこんだ。

「さちこ、いてへんのか。ゆうちゃん、けんちゃん、みっちゃん、いてるのやったら返事ぐらいせんかい」

家の中はいつにも増して念入りに掃除されていた。灯りをつけて、津山はわずかな家財を検《あらた》めた。何ひとつ持って出た様子はないが、それは心配することでもなく、不満とするものでもあるまい。

北向きの裏窓を開ける。段下がりの梨棚の先に、ヘッドライトの行きかう国道が見えた。

泣くことおへんやろ。人間が神様と力較べして勝ったんやで。たいしたもんやないか。子供らはこの家での何ヵ月かの暮らしなど、魔法にかけられてたみたいに忘れてまうがな。女房かて、そらしばらくは思い悩むやろけど、そのうち悪い戦はなかったことにするがな。なあ、よう考えて見ィ。俺はあいつで、あいつは俺なんやで。不都合などこれっぽっちもあらへんやないか。

「ほしたら、あとはよろしう頼んます。俺は消えてなくなるさけな。おおきに、はばかりさんです」

自分に向かってそうするのも妙だと思いながら、津山は遥かな闇に向かって、ぺこりとお辞儀をした。

骨の来歴

吉永の山荘は深い森の中だった。

「いったいどこまでが庭なんだ」

テラスの椅子に招かれたとたん、私は底知れぬ緑を見渡して訊ねた。

「敷地の境界には樅《もみ》が植わっている」

答えにはなっていないが、いかにも見栄や衒《てら》いを嫌う吉永らしい返事だった。

右手の間道に沿って樅が並んでいるのはわかるが、北に向いた庭の奥も、浅間山の稜線がわずかに覗く西側も、新緑の森の暗みに呑まれていた。

「たいしたもんだな。みんな親からもらった財産を食い潰しているというのに」

「僕は何をしたわけじゃないよ。少しだけ運がよかっただけさ」

トレーダーという職業は、聡明で慎重な吉永の性格に向いているのかもしれない。山荘でコンピューターに向き合うだけの仕事は羨ましい限りだが、かといって誰が真似のできるものでもあるまい。

「おまえ、若いな」

かたわらに腰を下ろした吉永の横顔を見て、私は感心せずにはいられなかった。豊かな黒髪も肌の色つやも、学生時代とさほど変わってはいない。

何年かに一度、忘れられたころに同窓会にやってくる吉永の若々しさは、いつも仲間たちの話題をさらった。四十代ならばまだしも、どんな洒落者でも衰えの隠しようがなくなる五十の峠を越えては、それもいささか異様に思える。このごろ同窓会に姿を見せぬのは、もしやその容貌を恥じているからではなかろうかと私は疑った。

——独身のトレーダーで、軽井沢の山荘に暮らしていれば、ストレスなんて無縁だろう。

というのが、彼の若さを怪しむ友人たちの結論である。

「愛想がなくてすまんな。女房のやつ、ひどい人見知りなんだ」

テラスのテーブルには純白のクロスが敷かれ、オードブルの皿が並んでいた。

「あれ、かみさんもらったのか」

吉永はワインの栓を抜いた。

「べつにきのうきょう結婚したわけじゃないさ。君らが勝手に僕を独身だと決めつけていただけだよ」

嘘とも無縁の男である。言われてみれば吉永の口から私生活など聞いたためしはない。孤独で物静かな印象と、万事において否定も肯定もせぬ性格によって、彼はいつの間にか独身男にされていたらしい。

「かみさんがいると知っていれば、突然お邪魔したりはしないんだが」

「いや、気にするなよ。僕も退屈していたところさ。このところの不景気と国際情勢で、仕事がないも同じなんだ」

「だが、かみさんにとっちゃ大迷惑だろう」

来客にいきなり駅から電話をされたのでは、女房はたまったものではあるまい。気の利いたオードブルが無言の抗議のように思えた。

吉永は庭の奥に目を凝らした。シンボル・ツリーともいえる辛夷《こぶし》の巨木は、苔を這うほどに下枝《しずえ》を垂れており、その先は静謐《せいひつ》な唐松の森である。

「奥にローズガーデンがあってね。ちょうど季節だから、彼女も忙しいんだ」

「挨拶ぐらいはしなけりゃならんな」

「日が昏《く》れれば戻ってくる。ゆっくりしていってくれ」

私はテーブルの下で腕時計を見た。日のあるうちに帰ったほうが作法に適うというものであろう。

「さては——かみさん、若いんだな」

ワインを舐めながら、吉永は答えずに微笑を返した。亭主の老け具合は女房の年齢による、という説を私は思い出したのだった。

「いつの間に結婚したんだよ」

やはりしばらく黙って微笑んでから、少なくとも君より先だと思うよ、と吉永は言った。

彼には親友と呼べるほどの友人はいなかったが、高校の三年間を同じクラブに所属していた分だけ、私が最も近しいはずである。結婚式にも吉永を招いている。今さら不義理を詰《なじ》る気にもなれず、記憶をたどるのも億劫になって、私は無駄な詮索をやめることにした。

「まったく、言葉の足らないやつだな」

吉永は答えるかわりに、いかにも「久闊《きゅうかつ》を叙する」という感じで、彼にしては珍しく饒舌《じょうぜつ》になった。

私は初めのうちこそ興味深く質問をしたり相槌《あいづち》を打ったりしていたが、やがて話の進むほどに、その役すらも雉子《きじ》や鵯《ひよどり》に奪われてしまった。

君は、ラヴェルのボレロを憶えているか。

ブラスバンドの練習が終わったあと、僕がクラリネットでその旋律を吹き始めたら、君のチューバと佐知子のスネア・ドラムが上手に乗ってきてくれた。

下級生たちはみな帰り仕度も忘れて聴き入っていたな。あれはいい演奏だった。とうてい即興のトリオとは思えないくらいの。

あの曲は何かの拍子で有名になったが、昔は誰も知らなかった。むろん僕も。君たちも知らなかったはずだ。コーチが譜面台の上に忘れていったオーケストラのスコアを、僕がためしに吹いてみたら、君が横から覗きこんでチューバを合わせ、佐知子がドラムを叩き始めた。そうして思いがけぬコンサートになった。

ラヴェルのボレロには二つの主題しかない。それがえんえんと繰り返される。もともとバレエ音楽だからそれでもいいのだが、初見のスコアを頼りにたった三種類の楽器で演奏するのは、よほど退屈なはずさ。だが僕らは熱中し、みんなが聴き入った。

少し大げさな言い方かもしれないが、僕はあのときから奇跡を信じるようになった。

特別の能力も、たいした努力もいらない。それぞれの波長が、あるときまったく偶然にぴたりと合えば、まさにミラクルとしか思えない現実が降り落ちてくる。

能力や努力ばかりじゃない。求める必要さえないんだ。

そうさ。奇跡は降り落ちてくるものなんだから。

君は何も感じなかったのか。それは意外だな。佐知子はのちのち言い続けていたよ。あのときやはり、僕と同じことを考えたとね。

僕は凡庸な人間だ。凡庸すぎて存在感がないくらいの。

だから同級生たちは、今のこの優雅な生活を怪しんでいるのだろう。吉永があんなにうまく行っているのは、きっと何か種明かしがあるんじゃないか、とね。先日の同窓会でそんな話が出て、誰か様子を見に行ってこい、か。いや、それは邪推かもしれないが、君自身が僕の人生に興味を抱いているのはたしかだろう。ただもし君さえよければ、その種明かしとやらを話してきかせるけれど、いいかい。ただし君の胸に蔵《しま》っておいてもらいたい。なぜかって、べつに僕の不名誉になる話ではないけれど、君がベネチアに戻ったマルコ・ポーロみたいに、白い目で見られるのは気の毒だからさ。

罪は犯していない。親からもらったものは何もない。ではトレーダーとしての才能があるのかというと、実はそれも怪しい。会社勤めをしていたころには大きな失敗こそなかったが、例年プラマイゼロの給料泥棒さ。ほかの社員たちよりいくらかましなスクール・ネームのおかげで、トレーダーの椅子に座り続けていた。

まあ、そんなことはどうだってよかろう。要するに僕は、本当なら年齢とともに少しずつ窓際に追いやられて、早期退職制度を活用する自信も力もなく、どんな嫌味を言われても肩を叩かれても、念仏でも聞くみたいに定年まで居座り続けるしかない厄介者になっていたはずだ。

そんなことになる前にさっさと会社を辞めて、今の生活を始めたがね。

若い時分の話に戻ろう。種明かしはそこからなんだ。

僕と佐知子のことを知っていたのは、たぶん君だけだろうと思う。秘密をうちあけたときのあの愕《おどろ》きようからすると、君は誰にもしゃべってはいないはずだ。

かれこれ三十五年前の話、か。君は一足先に現役で大学に行き、僕も佐知子も浪人をした。何しろ団塊世代からの玉撞《たまつ》きで受験生の数がピークに達した年だ。おまけに学園闘争で東大の入試が中止になった。一浪や二浪は当たり前だと、誰もが肚《はら》をくっていたっけ。

久しぶりに君の家に電話をしたら、これから会おうということになった。新宿の名曲喫茶の暗闇に、僕と佐知子が腕を絡めて入って行ったときの君の顔といったら、まるで幽霊か妖怪にでも出くわしたみたいだったな。電話をしたとき、一緒にいたんだから仕方なかろう。いや――もしかしたら僕らは、はなから秘密をばらすつもりで君を呼び出したのかもしれない。詳しいいきさつは忘れた。

しばらく呆然と僕らを見つめたあとで、君はひどいことを言った。

――よりにもよって、なぜ吉永なんだ。

なかば冗談かもしれないが、要するに佐知子はそういう女で、僕はそういう男だった。なぜと聞かれても困る。なぜだかわからんから奇跡なんだ。

家庭の事情で私大に行けなかった僕は、アルバイトをしながら予備校に通った。その国立文系一組というクラスに、東大の入試中止で確信犯的に浪人した佐知子がいた。むろん示し合わせたわけではない。まったくの偶然だった。

さて、この偶然をどう説明する。

学校群制度が施行される以前の一流都立高校の生徒は、みな優秀にはちがいなかったが家庭環境はばらばらだった。それは当たり前だな。できのいい子供が必ずしもいい家の子とは限らない。

佐知子は超エリート外交官の娘で、彼女自身も帰国子女だ。ひとり娘だから、親はぜひとも佐知子を東大から外務省へと進ませたかった。そこにたまたま安田講堂占拠の騒ぎがあって、佐知子は無受験浪人の憂き目を見た。

僕の生まれ育ちはいくらか知っているだろう。父親が早死にして、母は僕が中学に入った年に再婚した。祖父母は母が僕を連れて嫁ぐことを許さなかった。家が絶えてしまうのでは仕方なかろう。そこで僕は祖父母に養育されることになったのだが、ほどなくして祖父が亡くなり、祖母は呆《ほう》けてしまった。

高校に入った年から僕が奨学金を受けていたのは、そうした家庭の事情による。渾名《あだな》は「スカラ」。スカラシップのスカラさ。

渾名というのは一種の愛情表現だから、どうとも思わなかったがね。ただ、毎月職員室に呼ばれて、受領の書類に判をつくのはいやだったな。何だか施しを受けているようで、気が滅入った。

そんな僕が、念のためにワンランク下げて志願した国立二期校まで、ものの見ごとに落ちた。それまで会ったこともなかった母親を訪ねて泣きを入れたよ。予備校の入学金を貸してくれって。

誤解するな。僕は愚痴を言っているわけでも、浪花節を唸っているわけでもない。奇跡としか考えられぬ偶然の経緯を説明しているんだ。ともかく、学園闘争とか奨学金の打ち切りとか、エリート外交官の思惑とか親の早死にとか恋愛や再婚とか、僕自身の意地とか見栄とか、ありとあらゆる偶然が積み重なった結果、僕と佐知子は同じ予備校の同じ教室で机を並べることになった。

君は幸い知らないだろうけれど、予備校とは妙なところだ。高校生の枷《かせ》を解かれて自由になったものの、周囲は一年後の敵ばかりだし、気さくに話しかけてくるようなやつは悪友にちがいないから、親しくなってはならない。譬《たと》えていうなら、沈んでしまった船のまわりを、油断のならない連中と一緒に泳ぎ回っているような気分だった。

そこにかつて知った顔があるというのは心強い。で、初めて登校した帰り途に、佐知子と御茶ノ水の喫茶店に寄ったところ、ドアを開けたとたんにラヴェルのボレロが鳴っていたというわけだ。

僕と佐知子は恋に落ちた。永遠の放課後の、僕ら二人しかいない音楽室に、誰かが奇跡のスコアを忘れていった。コーチでも人間でもない誰かが。とりあえず演奏するほかはなかろう。

そう、とりあえずさ。恋愛なんて、そんなものだ。


ところで、僕らの交際はほどなく佐知子の親の知るところとなった。

快く思うはずはないよな。お付き合いは大学に入ってからなさい。どこの親でもそう言うにちがいない。

純情なものさ。佐知子は母親の意思を僕に伝えて、さめざめと泣いた。純情ではあったけれど、その反面今どきの若者たちに比べたら情熱的だったな。なにしろ携帯電話もメールもない時代だから、愛情の表現は面と向かってしなければならなかったし、そうした二人きりの時間はとても貴重だった。

君にも覚えはあるだろう。あのころの恋人たちの胸には、純潔と情熱が何の矛盾もなく同居していた。むしろその紅白の共存が、恋愛の作法であり、要諦だった。だから心中事件などという恋愛の結論も、珍しい話ではなかった。

佐知子はさめざめと泣いたあとで思うさま僕に抱かれ、大学に入るまでは友達でいましょうと言った。親の要望に添い、恋愛の要諦に則れば、正しい選択はそれしかない。いかにも佐知子らしい宣言だった。

君はあいつのことを忘れてしまったか。

得意のヴァイオリンもピアノも出番がないブラスバンドで、佐知子は女だてらに太鼓を叩いていた。パーカッションはブラスの華だ。あいつの叩くスネア・ドラムの切れ味のよさと迫力とは、純潔と情熱そのものだった。

ある時代のある容器の中で純粋培養されなければ、ああいう人格はでき上がらない。

僕は佐知子の提案に従った。独り暮らしの僕のアパートに彼女が立ち寄ることはなくなり、デートらしきものは昼食だけになった。

僕は銀座の喫茶店でアルバイトをしていた。夕方の五時から十一時までの遅番というやつで、ホールの掃除をすませて終電でアパートに戻りつくと、勉強をする気力などはどこにも残っていなかった。そのかわり、日曜はずっと机にかじりついていた。

そんな時間割の中で恋をしていたのでは、佐知子はともかくとして、僕のほうはたまったものではあるまい。佐知子はたぶん、親の要望と恋愛の要諦のほかに、僕の現実を斟酌《しんしゃく》してくれたのだと思う。恋愛の中断は切なかったが、僕は佐知子の明察に感謝をした。

ときおり、アルバイト先を覗きにきてくれた。並木通りに面した二人掛けの席につい て参考書を開くでも本を読むでもなく、ぼんやりと往来を見つめていた。そしてときど き、ホールで立ち働く僕に目を向けた。窓辺に置かれた蘭の花が、愛らしい横顔にとて もよく似合った。

——あの可愛いお客、おまえのことばかり見てるぜ。その気があるのか。まさかな。

と、チーフは怪しんだが、僕はそらとぼけた。僕と佐知子が、店の中で不用意な言葉 を交わしたことは一度もなかった。

一杯のコーヒーを飲んで店を出ると、佐知子は並木通りを歩み去りながら僕を振り返 った。ほんの一瞬、ガラス越しにたがいを見交わした。僕は今でも、あの一瞬の佐知子 の姿を世界一美しいものと信じている。あらゆる人間と比べてではなく、たとえばあら ゆる花と比べても。

どうかしたか。顔色が悪いようだけれど、ワインが合わなかったかな。僕があまり佐 知子のことばかり話すものだから、さては考えすぎたな。

まさかここで話をやめるわけにはいくまい。先を続けるよ。

精神的にも肉体的にも、苦行のような半年間だった。そして僕も佐知子も、無事めざす大学に合格した。

志望校はちがうが、ともに国立一期校だから合格発表日は同じだった。今のように若者たちがみな携帯電話を持っていれば、その場で喜びを分かち合える。自分は合格したが、佐知子はどうなっただろう。僕は嬉しさと不安とで苛立ちながら、キャンパスの中をうろうろと歩き回った。たぶんそのころ、佐知子も本郷のキャンパスを僕とまったく同じ気持ちで歩いていたはずだ。

間抜けなことに僕らは、その日の段取りを何ひとつ打ち合わせてはいなかった。受験日が近付くほどに、僕は予備校に通う時間も惜しんでアパートの机にかじりつくようになったからだ。アルバイト先からも、しばらく休みをもらっていた。つまり僕と佐知子は一ヵ月間の没交渉ののちに、受験を迎えたのだった。

僕はあれこれとためらいながら、とうとうやむにやまれず電話ボックスの行列に並んだ。こちらの首尾を一刻も早く伝え、先方の情報を得るにはその方法しかなかった。

佐知子の母が電話口に出た。僕の名を耳にしたときの訝《いぶか》しげな応対の声は、いまだに忘れられない。

――ああ、さいですか。それはようございました。

――あの、佐知子さんは？

――はい、おかげさまで。

——夜分にまたお電話します。とりあえず合格したということを、伝えておいて下さい。

——ちょっと待って下さいな。たしか、もう吉永君とはご縁がなくなったという話ではなかったでしょうか。だとすると、そちらさんからお電話をいただくのも、今さらお行儀が悪いんじゃございませんこと。ご用件は伝えておきますけれど、改めてのご連絡は遠慮させていただきます。あしからず。

電話はいかにも腹立たしげに、ぶつりと切れた。

僕は憤りを通り越して、情けなくなった。何だか体中の力が水になって、手指の先やら足の爪先からいっぺんに流れ出てゆくような気がした。

固い蕾《つぼみ》の桜並木が続く学園通りを、僕はとろけ出した体を曳《ひ》きながら歩いた。

そのときようやく気付いたのだ。浮かれ騒ぎながら、あるいは肩を落としてこの並木道を歩いている受験生の中に、おそらく「スカラ」は僕ひとりなのだろうと。

誤解してほしくはない。少なくとも僕は、ハンディキャップをはね返して合格したなどとは思わなかった。もしそう考えることができたのなら、力が水になるはずはあるまい。

夢を見る余裕のない自分が、情けなくなってしまったのだ。

僕にはまだまだやらねばならぬことが多すぎた。まず、大学の学生課に行って奨学金の受給手続をしなければならなかった。そのためには、役場から戸籍やら住民票やらを取ってこなくてはならなかった。

　その前に八王子の老人病院を訪ねて、僕が誰かもわからなくなっている祖母に合格を伝え、僕のかわりに世話をしてくれている人々に頭を下げて回らねばならなかった。

　祖父と父の眠る墓にも詣でて線香を立て、掃除ぐらいはしなければならなかった。母を電話で呼び出し、泣き顔も見なければならなかった。アルバイト先の店長やチーフにも、僕を応援してくれたお礼を言わねばならなかった。

　やらねばならないことばかりだった。このうえ親の露骨な悪意に抗《あらが》いそれを踏み越えてまで、約束通り佐知子を愛する自信を、僕は喪《うしな》ってしまった。

　正しくは、愛する自信をなくしたのではない。愛さねばならない理由を、僕は考えあぐねてしまったのだった。

　佐知子は僕の夢そのものだった。だが僕は、ふいに天の壊れるようにのしかかってきた義務の重みに押し潰された。夢を見る力は、海綿のようにぐずぐずになった僕の体から、水になって流れ出てしまった。

　人を愛することほど、エネルギーを要するものはない。たくさんの恋を経験すれば誰でもわかることだろうけれど、僕はそのとき初めて知ったのだ。

　学園通りの並木道を歩きながら、僕はきつく目をつむり、佐知子の愛しくも美しい顔をありありと思い描きながら、それでも夢に抗って「もう勘弁してくれよ」と呟いた。

は。

結局、佐知子の家に改めて電話はしなかった。その晩ばかりではなく、その後二度とは。

銀座の店に招かれざる客がやってきたのは、その翌日か翌々日のことだったと思う。ともかく大学に合格してから間もない晩だった。

閉店まぎわに、酒の入った紳士が僕を訪ねてきた。顔に見覚えはなく、僕はてっきり母のつれあいが酔った勢いでやってきたのだろうと思った。

いちどみんなで食事でもしようと、母は会うたびに言うのだが、僕は見知らぬ母のつれあいとも、齢の離れた弟とも会うつもりはなかった。嫌だというわけではなく、これ以上僕がやらねばならないことを増やしたくはなかった。

紳士は蘭の鉢が置かれた窓際の席で僕を待っていた。そこはいつも佐知子の座っていた席だった。得体の知れぬ酔漢が同じ椅子に腰を下ろしているというだけで、僕はたまらなく不愉快になった。

店長に許しを得て対《むか》いの席に座ったとたん、紳士はなかば眠っていた目をぎょろりと瞠《みは》った。肥えた体は大儀そうに背もたれに沈めたままだった。

偉そうに言った。

——近ごろの若者は、挨拶ができんな。君が吉永君か。

毛むくじゃらの指を、僕の胸に向けた。そこでようやく、僕は紳士の正体に気付いた。挨拶をしなかったのは僕が誤解をしていたからだが、そうではなくとも、いや正解を得ていたならなおさらのこと、僕は挨拶などしなかったろう。意地ではない。どうしてもそうせねばならぬ相手のほかには、もう誰にも頭を下げたくはなかった。

——家内に聞いたんだが、わざわざ家に電話をしてきたそうだな。いったいどういうつもりなのかね。

僕と佐知子は別れたわけではなかった。お付き合いは大学に入ってからなさい。佐知子と僕は、親のその要望を従順に受け容れただけだった。

——大学に入ったら付き合ってもいいというふうに、僕は聞いています。

——そんなことは言っていない。

父親は太い首をめぐらせて店内を見渡した。ボーイたちが残った客をせきたてるように掃除を始めていた。

——君がなかなか感心な青年だということは、佐知子から聞いている。あれはやさしい娘だから、君の境遇を気の毒に思ったのだろうね。だが吉永君。そういう憐憫《れんびん》の情に甘えるというのは、ほめられた話じゃないよ。男ならば、潔く身を引くべきだ。

——身を引く、ですか。

僕は苦笑した。笑わずにいられるか。やはりエリートという種族は、自分以外の人間をみな能なしだと思っているらしい。僕の性格にひそむ劣等感と、その異名としての自尊心を彼はたくみに摑み上げたつもりなのだろうが、ずいぶん幼稚なやつだなと僕は思った。だから思わず笑ってしまった。

——何がおかしいんだね。

——いえ、悲しいときは笑えと、死んだ父が言っていました。

口から出まかせでそう言った。こいつが根っからの悪人であるわけはなく、酒の勢いを借りなければ交渉も説教もできない程度の親馬鹿であるのはわかっていた。だから僕も、彼がイメージしている程度の馬鹿を装って、この場にふさわしい浪花節を口にしてみたのだった。

はたして、居丈高な表情がふいに毀《こわ》れた。

——すまんな、吉永君。私は何も、君がうちの娘にふさわしからぬ男だとか、分をわきまえろとか、そんなことを言っているわけじゃない。

言ってるじゃないか。僕は笑いを嚙み殺した。

——学生の本分は学問だ。学徒動員で満足に学問のできなかった私は、今になって痛切に悔やんでいる。

それから佐知子の父親は、その世代の男たち共通の愚痴をくどくどと語った。苦労はわからんでもないが、話の底にひそむ被害者意識に、なぜ気付かないのだろう。それをおのれの大義としてしまえば、たちまち加害者となることがわからないのだろうか。

——だから、学問を修めて立派な社会人になったら、そのときにこそ佐知子との交際を許そう。

許そう、という一言が僕の癇《かん》に障った。大学に合格したら許すという約束を反古《ほご》にされたうえに、同じ論法の、しかも半年間を四年間に延長した条件の提示など、人を馬鹿にするにもほどがある。

僕は顔色を変えたと思う。もしそこが僕の職場でさえなかったなら、たとえ銀座の街頭であっても僕は彼を殴りつけていただろう。

そのときに僕の感じた憤りは誰にもわかるまい。佐知子の母親の電話の応対だけでも、僕はあらゆる力が水に変わってしまうほどの衝撃を受けていたというのに、大切な職場に乗りこんでまでの悪口雑言だ。

——もう二度と会いませんよ。それでいいでしょう。

僕は真顔で睨みつけながら、きっぱりと言った。父親は快哉《かいさい》の笑みをうかべた。このままでは負ける。説得をされて分不相応の恋愛に気付き、身を引いたことになってしまう。

——でも、僕は傷つきました。あなたも大人ならば、僕の痛みを少しでもわかって下さい。

なかった。


——どういう意味かね。

——お金をめぐんで下さい。

矜《ほこ》りをかなぐり捨てて、この幼稚な男の視線の高さまで身を屈めていけば、それは当然の要求だろうと僕は思った。僕より少しでも上等な人間ならば、叱りつけるにちがいなかった。

——ふむ。それは大人の交渉だな。で、いくら必要なんだ。

これで僕は負けたことにはならない。エリート外交官を俗物に引きずり下ろし、勝ったとはいえぬまでも痛み分けである。

——十九万円。

——大金だね。それにしてもはんぱだが、何か計算があるのかね。

——入学金と授業料、それと予備校の入学金を返済します。

大学の納付金が飛躍的に増額される直前のことで、国立大学の授業料は年額で一万何千円かであったと思う。僕の頭の中にどのような計算式があったかは忘れたが、ともかく十九万円という金額は常に意識していた。つまり、「スカラ」と呼ばれず、母との縁を断ち切る金額、僕が生まれ変わることのできる金が十九万円だった。

——よし、わかった。あすの晩でいいね。

佐知子の父親は精いっぱい僕を見くだし、口にこそ出さなかったが「ろくでなしめ」

と顔で言った。

僕はその夜、アパートに残されていた佐知子の痕跡――手編みのマフラーや借りたままの文庫本や、片方だけのイヤリングや写真や手紙や避妊具を、ゴミ袋に詰めて神田川に捨てた。

冷たい雨が降っていた。橋の上で、しばらく思い出の行方を見送った。そのうち、さしていた傘が佐知子の忘れ傘だということに気付いて、それも投げ捨てた。

濡れ鼠になって震えながら帰るみちみち、佐知子を十九万円で売ったわけではないのだと、自分に言いきかせた。

悪意を利用して、僕は僕の人生を恢復《かいふく》するのだ。善行とは言えぬまでも、けっして不善をなすのではない。

アパートの下駄箱に底の抜けたスニーカーを納めたとき、ふと妙な計算が頭にひらめいて苦笑した。十九万円は必ずしも正確な必要金額ではなく、それまでの僕の理不尽な人生を、一年一万円という単純な数式で表した結果なのかもしれなかった。

僕は親も世間も恨まずに、自分自身を納得させる方法を、ずっと探し続けていたのだろう。

翌《あく》る晩、佐知子の父親はしらふでやってきて、用件だけをすますとコーヒーに口もつけずに去って行った。

味もそっけもない役所の茶封筒には、過分な二十万の現金が入っていた。


「佐知子とはそれきりだ」

陽の傾きかけた庭の果てに目を細めて、吉永は放り出すように呟いた。

「葬式には行かなかったっけ」

私は遥かな記憶をたぐり屈して、吉永の横顔に訊いた。

「二度と会わない約束さ」

意固地なのか、潔いのか、いやどちらでもあるまい。学年きっての才媛に突然ふりかかった不幸の謎が解明された。そういう経緯があったのでは、吉永が佐知子の葬儀に顔を出せるはずはなかった。

「心不全じゃなかったんだな」

「若いやつの心不全は、たいてい自殺だろう」

「責任は感じなかったか」

いや、と吉永は細い顎を振った。

「頭にきたよ。僕の責任じゃない。親は僕に手切れ金を毟《むし》られたと言ったに決まっているさ。そうでもなければ、死ぬほど世の中に幻滅するはずはなかろう」

「幻滅、か」

それは説得力のある単語だった。佐知子の信じていた世界のすべてが滅んだのだ。失恋や敗北で人は容易に死ぬまい。現実がいかように覆ろうと、いくばくかの希望は残るはずである。つまり希望そのものの異名である夢まぼろしまでが滅び去ったとき、人は死ぬほかはなくなる。

少しずつ記憶が甦ってきた。無受験浪人までして東大に合格したのに、と友人たちは嘆いていた。ブラスバンドの後輩たちが教会の庭に整列して、華やかなマーチで佐知子の棺を送った。桜が咲いていたから、三月の末か四月の初めということになる。

「俺がタクトを振った。春休み中で、音が足りないからって。キャプテンは上手にロールを打った」

「ロール？——マーチで送ったのか」

「どうかと思ったが、悪くはなかったよ」

「曲目は」

「アール・マッコイの『消灯』。タイトルはぴったりだよな」

さほどの悲しみはなかったような気がする。むしろ絵に描いたような夭折のドラマと、葬儀の過剰な演出に、死の実感を持たぬ私たちは酔っていたのかもしれない。

「ボレロじゃなくてよかった」

解け落ちる木洩れ陽を見上げて、吉永は言った。

私は胸の中で、しばらくラヴェルのボレロをたどった。単調な主旋律が次第に盛り上がり、クライマックスに達した瞬間に急転してその曲は終わる。まったく突然、舞台の幕が落ちるように。

私はきつく目をつむった。たしかにボレロではなくてよかった。

「そろそろ失礼するよ」

そう言って飲み干した私のグラスに、吉永はワインを注いだ。

「まあ、そう急ぎなさんな。女房は陽が落ちるまで戻らない。それに、話の主題はまだこれからなんだ」

吉永はいっそう饒舌になった。

僕は呪った。

けっして自分自身を責めず、佐知子の父と母を呪い続けた。

父親との妙な話し合いがついたあと、僕は佐知子を待ちわびた。アパートか店に佐知子がやってきて、ことの真偽を問い質すにちがいないと読んでいたのだ。何をどう訊かれようが、泣き喚《わめ》かれようが、言いわけは口にするまいと決めていた。

いや、はたで考えるほど辛くはなかったよ。もちろん佐知子に対する愛情が冷めていたわけではない。それはむしろ狂おしいくらいに募っていた。だが、僕はそれまでの人生経験で、自分の敵は感情だけだということをすでに知っていた。

どんな不幸でも、感情がなければ苦労ではない。つまり、死んだ父や別れた母や呆けた祖母に対して、愛情なり愛着なりの感情を抱くから僕は苦労をし、不幸を認識してしまうのだ。そのメカニズムを援用すれば、この一件の克服は簡単だった。けっして言いわけをせず、未練も口にせず、ただ「愛していない」「愛したこともない」と心に念じ続けるだけでよかった。

そんなことが可能かって？

そりゃあ君、可能でなければ世の中に宗教なんてものは存在しえないだろう。思いこみは全能ではないが、可能性において神仏の功徳というものはある。

もし僕が僕自身の感情に忠実だったとしたら、十九年間は生き延びられなかったし、もし生き永らえたとしても本物の「ろくでなし」になっていたはずだ。肉親に対する愛情を滅却することに比べたら、恋愛感情をいっとき鎖《とざ》すことなど造作もあるまい。

しかし、佐知子は来なかった。僕を詰問するまでもなく、幻滅したというわけさ。

かわりにやってきたのは訃報だった。ブラスバンドの後輩が、夜遅くに自転車を漕いで僕のアパートを訪れた。

――先輩、びっくりしないで下さい。

前置きだけでことの次第を諒解してしまった。心不全という死因も信じなかった。

幻滅か。個人的にはそういうことなのだろうけれど、訃報に接したとき僕はとっさに、これは戦争だと思った。まず僕と佐知子の母が紛争をし、父親が介入し、和平がなったと思ったら佐知子が核兵器のボタンを押してしまった。戦争に勝者はいないという警句通りの結末さ。

僕が葬儀に行かなかったことについては、誰もふしぎには思わなかったろう。もし首をかしげるとしたら、僕と佐知子の関係を知っていた君だけだ。

どうして君は、僕に何も訊ねなかったんだい。

覚えていないのか。だったら思い出させてやろう。さきの宗教理論からすれば、事実を滅却することは感情を滅却するよりさらに簡単なんだ。わかるかな。「愛していない」と念じるよりも、「見ていない」と信ずるほうがずっとたやすい。

国境を接していながら不介入を決めた君は、国家でいうならかなり聡明だな。もしあのとき君が事実の糾明をしようとしたなら、僕と君は永久に断絶しただろうし、ましてやこうして酒を酌《く》んでいるはずはない。

たぶん僕と佐知子の関係を知らない友人たちも、方針は同じだったのだろう。「心不全」という不自然な公式発表を、誰も詮索しようとはしなかった。平和が真実に優先するのは、戦後日本人の道徳だ。

僕は呪った。

呪うほかに、なすすべは何もなかった。それは究極の不幸の姿だな。

僕は現実主義者で夢物語を仮想するということはまずないのだが、さすがにあのころは寝ても覚めても、佐知子の両親に災難が降りかかることばかりを考え続けていた。もし僕に少しでも理性が欠けていたなら、たぶん家に火をつけて、二人を惨殺していただろう。それができなければ、せめて災難を仮想するほかはない。

煙草の火の不始末かガス漏れ事故で家が全焼し、黒こげの遺体が二つ発見される。いや、そんな結末は温《ぬる》すぎる。簡単に死んでもらってほしくはなかった。エリート外交官とその妻にふさわしい不幸は、破滅ではなく、堕落だろう。

借金の保証人となって全財産を奪われ、役所も馘《くび》になって路頭をさまよう。これのほうがずっといい。

君は人を呪ったことがあるまい。憎んだことぐらいはあるだろうけれど、しんそこ呪ったことは。

憎悪と呪詛は似た物どうしの大違いさ。その間にはたとえば人と神ぐらいの懸隔がある。人は誰しも憎悪する。だが憎悪を呪詛とするのは、人間が神か悪魔かに変身するぐらいの飛躍が必要だ。

僕は呪った。零落した夫婦の姿を、日夜ありありと思い描き続けた。

そして、こうも信じていた。

あらゆる感情を抹殺して現実を変形させることのできる僕は、逆にその感情を昂揚させて、ありうべくもない現実を招来することもできるのだ、と。

僕は暇さえあれば東京中の地下道や公園をうろついて、浮浪者の中にあの夫婦を探し始めた。見つけることができないのは、僕の呪いが足りないからだと思い、またいっそうありありと、没落のストーリーを胸に描いた。

奇跡は起きた。

僕の吹くクラリネットに、いつしかチューバとドラムが寄り添い、誰もが耳を傾ける美しい音楽ができ上がったように、奇跡はある晩ふいに降り落ちてきたのだ。

夫婦がいつの間に店にやってきて、蘭の鉢を置いた窓辺の席に座ったのか、僕は知らなかった。

窓の外は生温い梅雨の夜更けで、並木通りを行く傘も疎《まば》らだった。

大学生になって、僕はカウンターマンに昇格した。ボーイを一年務めれば、ホールの仕事はウェイトレスに任せてカウンターに入るのが、喫茶店の出世コースなのだそうだ。店の奥のカウンターからは客席のおよそは見渡せるのだが、そのときたまたま僕は、チーフから焙煎機《ばいせんき》の操作方法を教わっていた。

あのころは気位の高い喫茶店がまだまだ健在で、僕の勤めていた店も生のコーヒー豆を自前の機械で煎《い》っていた。

後輩のボーイがカウンター越しにチーフを呼んだ。

――あのお客さん、臭いんですよ。出てってもらいましょうか。

チーフはホールを覗いて答えた。

――浮浪者かな。まあ、もうじき閉店だから放っとけ。それより、金を持ってねえんじゃねえか。

客席をちらりと見たとたん、僕は舌打ちをした。愕いたというより、いちいち店に来るなよ、と思ったのだ。

それくらい奇跡の招来を確信していたのだ。

――ちょっと様子を見てきます。

僕はカウンターの潜り戸を抜けてホールに出た。時計を見て、アルバイトのボーイたちに掃除を始めるよう指示し、水差しを持つと窓際の客に近付いていった。

ラヴェルのボレロは有線放送が流していたのだろうか。それとも僕が心の中で口ずさんでいたのだろうか。

単調なドラムのリズムに合わせて、エキゾチックな主旋律は異なった楽器の音色を絡めながら増幅し、あの突然に終わるエンディングへと登りつめていった。

僕は俯いて向き合う夫婦のグラスに、なみなみと水を注いだ。二人はおそるおそる僕を見上げた。

あれほど落魄《らくはく》し、人生を悔悟する人間の顔を僕は知らない。見るかげもなく痩せ衰えた男は、よれよれの背広を着、まるで迷い猫の首輪みたいに汚れたネクタイを胸元にたるませていた。黒い雨コートを着たままの女の髪は、真白に乾ききっていた。

レジ係のウェイトレスが、客席をめぐって閉店前の勘定を集めていた。夫婦は僕の顔から視線をすべらせ、いかにも長年の伴侶という感じで同時に溜息をついた。

――無銭飲食ですか。

僕は空のコーヒーカップと、パセリまで食いつくしたサンドウィッチの皿を見て言った。

――地下道を歩いているうちに、この店なら君がいると思った。

夫が言うと、妻はたまりかねたようにナフキンで瞼を被った。

――つながれ乞食ですね、まるで。

——何だね、それは。

——愛し合って添いとげる男と女の宿命ですよ。

僕は店員たちの目を憚りながらポケットの中をさぐり、釣銭のないようにウェイトレスのトレイに伝票と勘定を置いた。

僕は妻に向かって言った。

——たしか、もう僕とは縁がなくなったはずですね。今さら行儀が悪いんじゃないでしょうか。二度とこないで下さい。あしからず。

ボーイたちが椅子を上げて、ホールの掃除を始めていた。ボレロは音の饗宴《きょうえん》の頂上で、突然ぶつりと終わった。

僕も掃除を始めた。しばらくして振り返ると、窓際の席に夫婦の姿はなかった。

仕事中には立ったまま居眠りをしているボーイたちが、掃除のときだけ生き返ったように働くのは、椅子の下に落ちている小銭をわれさきに見つけるためだった。喫茶店の低い椅子に客が座れば、しばしばズボンのポケットから硬貨がこぼれ落ちるのだ。

看板を下げ、大きな窓をトリミングした灯りを消す。カウンターの片付けに戻ろうとして潜り戸に身を屈めたとき、頓狂な悲鳴が上がった。

ウェイトレスが雑巾を握ったまま立ちすくんでいた。

鼠かゴキブリだろうと思ったが、そうではなかった。夫婦が座っていた窓辺の、満開に咲いた蘭の鉢に並べて、白い素焼きの容器が置かれていた。ウェイトレスはそれが骨壺であるとは知らずに、蓋を開けてしまったのだった。

それが誰の骨で、なぜそこに置かれていたのか、僕にはすぐにわかった。

まったく戦争だと僕は思った。ありとあらゆる武器を用いて応酬がくり返されたあげく、僕の陣地にはとうとうこんな爆弾が飛んできた。

店員たちは骨壺を遠巻きにして、誰も手を触れようとはしなかった。

——さっきの浮浪者だな。

チーフは店を飛び出して外を右往左往し、じきにあきらめて戻ってきた。

——まさか忘れたんじゃねえよな。わざわざ置いてったんだ。くそ、何考えてやがる。

店員たちはしばらくあれやこれやと憶測を囁き合った。

——供養もできないから、お願いしますという意味かな。

——いや、ゴミ箱に捨てるのも何だから、置いていっただけだろう。

——やっぱり忘れ物じゃないかしら。

——ばか。これが忘れ物に見えるか。むき出しの骨壺だぞ。

僕はカウンターから古いテーブルクロスを持ってきて、骨壺をくるんだ。店員たちはまるで勇者に対するような尊敬をこめて、僕を見ていた。

——忘れ物にはちがいないですから、警察に届けてきます。

当然の手順だったが、チーフはほっと胸を撫でおろし、店員たちはさらなる尊敬のまなざしを僕に向けた。

僕は帰り仕度をして、一足先に店から出た。警察にも交番にも行くつもりはなかった。こんな厄介な代物を僕がどうしようと、誰も責めるはずはなかった。

骨壺を抱いて雨に濡れるうちに、僕の考えは少しずつ整理された。

まず、爆弾は思い過ごしだと考えた。いくら落魄して生きる気概を失ったとしても、まさか娘の骨をいやがらせの種には使うまい。だとすると、何らかの親の情をこめて僕に托したのではないのだろうか。

それもひどい話にはちがいないが、僕は嬉しかった。胸に抱きしめて歩いていると、ようやく佐知子と二人きりになれたような気持ちになった。

信号を渡り、有楽町の駅を通り過ぎ、ひとけのないお濠端をひたすら歩いた。アパートまで歩いて帰ろうと思った。

骨というのはふしぎなものさ。人間の形骸にはちがいないが、実体なんだ。僕はその骨を、少しばかり様子はちがうけれども、寡黙な恋人だと思うことにした。そのときほど佐知子を愛しいと思ったことはなかった。初めてくちづけを交わしたときよりも、初めて抱き合ったときよりも、佐知子は純粋な恋人だった。

父親が言った通り、佐知子は僕の境遇を憐れんだのかもしれない。いや、恋愛の発端はたぶんそうなのだろう。佐知子は世界中の誰ひとりとして顧みてはくれなかった僕に、感情と肉体のすべてを施してくれたのだった。

その聖なる行いについて、親が理解を示さないのは当然だし、僕がその行いに甘え続けることができないのも、また当然だった。

俗なる良識の鬩《せめ》ぎ合いの中で、佐知子は命を断つほかはなかったのかもしれない。けっして、幻滅などではなく。

車のテールランプが、雨を物ともせぬ真夜中の健康病者たちが、僕と佐知子を追い越して行った。

——私ね、吉永君のこと、とっても愛してるよ。大好きだよ。

かつての口癖を、骨になった佐知子はくり返してくれた。

僕は愛の言葉に応えたことがなかった。愛していると口にすれば、とたんに不幸になると信じこんでいたから。どんな不幸でも、感情がなければ苦労はないと信じ続ければ、たった十九年間の道程すら歩んでくることはできなかったから。

——もう怖がらなくて大丈夫よ。私ね、もう吉永君から離れない。ずっと愛してるよ。大好きだよ。

骨は言った。僕は濠端の柳の下に佇んで、青める葉叢《はむら》のそよぎに巻かれながら、ようやくの思いで答えた。

――さっちゃん。俺な、すっごく好きなんだ。とっても愛してるんだ。

雨のしぶきが、僕の告白を目に見える形にした。胸のつかえを吐き出した勢いで、僕は泣いてしまった。


話をおえた吉永の表情は、幸福そうな笑みをたたえていた。

言うべきか言わざるべきか迷ったあげく、私は友人としての良識に則って、つらい忠告をしなければならなかった。

「思いこみもたいがいにしろよ、吉永。そんなことばかり考えていると、頭がどうかなっちまうぞ。おたがい、もう若くはないんだ」

吉永は忠告を笑顔で往《い》なした。

「わかっているのかよ。喫茶店にやってきた老夫婦は、佐知子の両親なんかじゃないぞ。無銭飲食のホームレスが、家族の骨壺を持て余しただけだ。どう考えたってそうだろう」

おい、と私は微笑み続ける吉永の胸元に、ワインの栓を投げた。

「俺にはわかっている。おまえ、結婚なんかしちゃいないんだろう。人をからかうにもほどがあるぞ。山荘住まいの優雅な独身トレーダー。まだまだ見映えはするし、健康そうだし、金は唸るほどある。それでいいじゃないか」

吉永が狂気に踏みこんでいるのか、それとも正気で私を弄んでいるのか、いずれにしろたちが悪い話だと思った。

「そろそろ日が昏れる」

吉永は、たそがれていっそう厚みを増した森の奥に目を向けた。

「ああ、戻ってくるようだ。どうするね、女房に会っていくか、それとも帰るか」

間近の梢に雉子が鳴いた。辛夷の下枝は苔を掃くように揺れ、まだ固い蕾の百合や擬宝珠《ぎぼうし》の群生が風に薙《な》がれた。

「一輪車を押しながら戻ってくる。途中で枯枝を拾ったり、草を毟ったりしてくるから、時間がかかるけどな」

琺瑯《ほうろう》の椅子に座ったまま、縛《いまし》められたように体が動かなかった。木立ちを縫う風に乗って、ボレロが聞こえてきた。

「子供は欲しかったが、まさかそこまで無理は言えまい」

枝を踏む足音と、一輪車の軋《きし》みが迫ってくる。傾《かし》いだ檀《まゆみ》の幹に蜩《ひぐらし》が鳴き上がった。

「さっちゃーん」

吉永は若やいだ声で、永遠に愛する妻の名を呼んだ。

昔の男

「きょうね、昔の男と会うの」

夜勤明けのくすんだ肌にファンデーションを塗りたくりながら、逸見《いつみ》さんは訊きもせぬことをいきなり言った。

さりげなく独りごちたつもりなのだろうが、鏡の中で私の様子を窺《うかが》っていたのはたしかだった。どうしても言いたいことを、逸見さんはまるで刺客みたいに狙い定めて口にしたのだ。

「へえ、すてきですねえ。モトカレですかァ」

こういうときは調子を合わせるのが、職場の礼儀というものだろう。

「なに？　その、モトカレって」

「モトのカレシ、です」

「あっそう。モトカレねえ……」

ちょっとかわいそうになった。昔の恋人とデートをするのはたしかにロマンチックな話だけれど、逸見さんは徹底的に男の噂などない独身ナースである。正確な年齢は知らない。つまり訊いてはならないし、知る理由もない齢ということ。そのうえ、まったくローテーション無視の過酷な勤務に追いまくられていて、テレビを見たり雑誌を読んだりする暇もないから、世の中の新しい言葉だって知らない。

彼のことをもっと話したそうだけれど、詳しいことを聞くのはよそう。仮に逸見さんの年齢が五十歳だとして、昔の恋人との再会がハッピーエンドになるはずはないから。

ともあれ、ナースやドクターや患者さんにとってはめでたい話にちがいない。このところの逸見さんの荒れようといったら、地球上の全人類を憎んでいるとしか思えぬほどだった。

「これから、ですか」

ロッカールームの時計を見上げて、私は訊ねた。まさかランチにも早いこんな時間にデートをするはずはない。でも、そうじゃないかと思うくらい逸見さんの化粧は念入りだった。

「あのね、浜ちゃん。いくら何だってお汁粉やあんみつを食べに行く齢じゃないわよ。第一、このボロボロの顔じゃどうしようもないでしょうに。帰ってからシャワーを浴びて一眠りしてだね、それから美容院に行って——待てよ、そんな時間ないか」

逸見さんも時計を見上げた。三十年も時間に追いまくられていれば、ちらりと時計を見ただけで向こう一日のすべてを正確に計算できるのだろう。口紅を塗りかけた唇から、うらめしげな溜息が洩れた。

「ぐっすり眠るのと美容院に行くのと、どっちがいい女になるのかな」

「さあ。婦長は美人だから、あんまり考えることじゃないですよ」

ちかごろこういうとっさの受け応えがうまくなった。私なら迷わず眠るけれど。時計を気にしながら美容院に行って、もしカットが気に入らなかったら取り返しがつかないし。

「そうそう。それから、携帯は切っておいたほうがいいですよ。当直は田村先生ですから」

逸見さんの指が止まった。この春に大学を出たばかりの田村先生は、ベテラン婦長の逸見さんを頼り切っている。

「そうかあ。でも、それも何だかねえ」

鏡ごしに睨まれた。私は夜勤明けで眠るときやデートのときは、必ず携帯電話の電源を切る。むろん正当な権利だから、そうと知られても咎められる筋合いではない。

でも、逸見さんはちがう。どんなときでも電話一本で病院に駆けつける。

「私から田村先生に釘を刺しておきますよ。婦長はデートだから呼んじゃだめって」

「デートは余分よ」

「それじゃ、体調が悪いから。何かあったら私を呼ぶように言っときます」

逸見さんの表情がほぐれた。いい心がけね、と言わんばかり。

「じゃあ、そういうことにしてもらおうか。悪いね、浜ちゃん。ほかの人ならともかく、あなたなら安心できるし」

お化粧をおえ、おしゃれなパンツスーツに着替えると、逸見さんはとても魅力的なセレブのマダムに変身する。まるでモデルみたいだ。たぶんミセス向けの雑誌を見て、そっくり真似ているのだろうけれど、だとしてもお手本のような出来映えである。

「あの、逸見さん。やっぱり美容院よりも、ぐっすり寝たほうがいいと思います」

私は本音で言った。逸見さんはこのままでも十分に素敵だと思う。だったら時計を気にしながら美容院に行くことはない。

「そうするわ。じゃ、お願いね、浜ちゃん」

少し派手めのフェンディのバケットを小脇に抱えて、逸見さんは颯爽《さっそう》とロッカールームを出て行った。夜勤明けのスーパーナースを労《ねぎら》う声が廊下に響き渡る。この人のカッコ良さを、病院の私たちだけではなく、昔の男が認めてくれればいいと私は思った。

でもたぶん、長い時間を隔ててめぐり逢うその人は、がっかりするにちがいない。若いころの逸見さんは、それこそアイドルばりの美人だったろうから。

「浜中さあん、こっちこっち」

オープンエアのカフェの奥に立ち上がって、林君は私を呼んだ。かれこれ二年も付き合っていて、そういう呼び方はないだろうと思うのだけれど、私もいまだに「林君」と呼んでいるのだから仕方がない。

銀座はすっかり秋色に染まっている。夜勤明けの疲れた体は、恋人よりも熱いコーヒーを欲しがっていた。

「きょうは準夜勤だとばっかり思ってた。さっき病院で会わなかったら、電話もかけそびれてたよ」

「ローテ、変わったって言わなかったっけ」

「聞いたかな。うん、聞いたような気もする」

製薬会社の営業マンは、うらやましいくらい時間割どおりの仕事だから、デートは彼が私に合わせるほかはない。時間のイニシアチブを握っていると、何から何まで私の思うがままのような気がする。彼にわがままを言いたくはないのだけれど、私のローテに合わせてくれなければデートもできない。この二年間というもの、彼が自分の都合を口にしたことは一度もないと思う。

付き合い始めたころは申しわけない気がしたが、そのうちナースの恋愛方法はこれしかないと気付いた。

「ねえ、浜中さん。俺は、このドクターよく知ってるんだ」

と、林君は朝刊をテーブルの上に拡げて、大学病院で起きた医療事故の解説を始めた。夜勤明けによその病院の事件など聞きたくはなかった。私はコーヒーカップで掌《てのひら》を温《ぬく》めながら、枯葉の舞う街路をぼんやりと眺めた。

「内視鏡手術っていうのは、そりゃあ最先端の技術だから、試してみたいというのはわかるよ。ドクターも悪いけど、責任は教授にあるよな……」

私が今の病院を勤務先に選んだ理由は、銀座に近いからだった。面接に行った帰りにぶらぶらと歩いていたら、すぐに銀座通りに行き当たった。東京の右も左もわからず、ただ一生に一度は大都会の総合病院で働いてみたかった私にとって、そのロケーションはかけがえがなかった。

ナースの定員不足は地方より都会のほうが深刻で、東京に出さえすれば勤務先は自由に選ぶことができた。そこで私は、多少の伝《つて》があった大学病院の内定をキャンセルして、今の病院を選んだのだった。まったくこの仕事は、贅沢《ぜいたく》なのか貧乏なのかよくわからない。

「……だってさ、浜中さん。考えてもみろよ。ほとんど未経験のドクターが、いっぺんやってみたいからって、オペしちゃったんだぜ。担当教授が知りませんでしたじゃ済まないだろう」

勤め始めるとすぐに、夜勤と準夜勤のおそろしいローテーションに巻きこまれた。地方の市立病院ではまったく考えられない話だった。

院長と事務長が、是非にと言ったわけがわかった。

総合病院といっても、ベッドは百床足らずである。建物は戦争で焼け残ったとかいう代物《しろもの》で、ちょっと見にはロマンチックだったし、院長先生もひいおじいさんから数えて四代目だと聞けば、いかにも名門という気がした。だが、いざ勤務についてみると、余りにも使い勝手の悪い病院だった。何しろ大正時代の遺物である。設備が時代遅れであるのは仕方ないにしても、病室は狭いし天井は低いし、廊下のリノリウムはペタペタとナースシューズに貼りつくし、大理石の階段で物を落とそうものなら、何でも粉々に壊れてしまった。ステンドグラスの採光も心を憂鬱《ゆううつ》にさせた。

院長が親子四代ならば、患者さんも代続きのお年寄りばかりで、それも築地の魚河岸《うおがし》のご隠居とか、深川や月島の職人や商店主なので頑固なうえに口が悪い。私のような地方出身のナースは、サンドバッグみたいなものだった。

たぶん逸見婦長という尊敬できるナースがいなければ、ひと月で辞めていたと思う。

「……しかしなあ、こういう事件が表沙汰になると、外科医のなり手がいなくなるんじゃないかな。これからは裁判だらけだぜ、きっと。で、優秀なドクターが外科を避ければ、よけい質が下がるから、悪循環だよな」

「ねえ林君。そういう話、やめない？」

と、私は彼の饒舌《じょうぜつ》を遮った。病気と病院に関する話をやめてしまえば、私たちは黙りこくるほかはなかった。林君のせいではない。私は世間の二十七歳の女が口にする話題を、何ひとつ知らなかった。

「あ、ごめん。夜勤明けだったよな」

それから私たちは、肩を並べて通りを眺めながら、まるで老人の茶飲み話みたいな暦の話をした。秋が過ぎると冬がやってきて、さて今年のクリスマス・イブは一緒に過ごせるだろうか、正月はどうしようかなどという、老夫婦のような会話。

「あのね、ここだけの話なんだけど」

と、私は言うまいと決めていたことを口に出した。

「逸見さん、きょうデートなんだって」

えっ、と林君は耳元でシンバルでも叩かれたみたいに驚愕した。何もそこまでびっくりすることはあるまいと思うと、逸見さんがかわいそうになった。

「昔の男ですって」

「へえ、昔の男ねえ。どんな人だろうな。やっぱりドクターかな」

「やっぱりって何よ。あのね林君、ナースとドクターっていう連想は安直よ。だったら私たちはなに」

「じゃあ、薬屋の重役。三十年前には病院回りをしてた」

「かもしんない」

彼のジョークは私を暗くさせた。林君は仕事ができるし、学歴も一流大学とはいえないまでも、会社ではまあまあのキャリアだと思う。もし私たちがいつまでも結婚に踏み切れずに別れたとすると、そういう未来がいつか私の身の上にも訪れそうな気がした。

「その話も、やめましょ」

勝手なことを言ってしまってから、私は林君の顔色を窺った。この人を引きずり回していると思った。結婚をするならば今が絶好のタイミングだということはわかっている。しかし私の苦労は、その絶好のタイミングにうまく乗った仲間たちのせいなのだ。

私の目の前には、いつもほの暗い病棟の廊下を颯爽《さっそう》と歩く、逸見婦長の白衣の背中があった。

どうして逸見さんのロマンスを、まるで週刊誌の記事みたいに口に出してしまったのだろうと、私は軽口を恥じた。

ランチを食べるのはやめて、六時にここで会う約束をした。ともかく熱いシャワーを浴びて、一秒でも早くベッドに潜りこみたかった。

その日、いやな夢を見た。

中学校の校庭と背中合わせのマンションは、日勤のときならこのうえない安眠が約束されているが、夜勤明けはつらい。どんなに疲れ果てていても、うらうらとした夢がつきまとった。

眠る前からよもやと思っていたけれど、そのよもやの通りの夢だった。

私は五十歳の内科婦長で、林君は製薬会社の重役。お台場のホテルのロビーでめでたく二十数年ぶりの邂逅《かいこう》というわけだ。もちろん私は独身、彼は二人の子供に恵まれて、上の男の子は薬剤師、下の女の子は医学部の学生だって、どうしてそんな具体的な話題まで夢に現れたのだろう。

林君はしきりに昔を懐かしがるだけなのに、私は悔いていた。その悔いを悟られてはならないから、懸命に笑おうとしていた。笑顔を繕いながら、身から出た錆《さび》だと自分を責め続けていた。

ロビーから望む東京湾には屋形船が浮かんでいた。クリスマス・イブに乗合の屋形船なんて、俺も気のきかない男だったよなあ、とか林君は、おかしそうに言った。去年のイブに、そのどうしようもないデートをしたのは本当だ。私はまんざらでもなかったけれど、林君はあのとき、とても反省していた。田舎者の私に、江戸前の粋を教えてやりたいというプランだったらしいが、屋形船の中はイブなどくそくらえのおやじだらけで、私たちは肴にされてしまったのだった。去年の埋め合わせは必ずする、というのが、以来一年ちかく林君の口癖になっている。もっとも、今年のクリスマス・イブに私が自由であるという保証はないのだけれど。

それにしても、いやな夢だった。目が覚めてからもういちどシャワーを浴び、大声で歌を唄った。

昼間のカフェで落ち合い、デートコースは私が決めた。もし林君がどこかの店を予約していても、キャンセルしてもらうつもりだった。もちろん行き先はお台場のホテルである。私はいやな夢を、現実のディナーで塗りこめねばならなかった。

「ねえ、浜中さん。正月の予定なんだけど、うちの親に会ってくれないかな。無理にとは言わないけど、俺さ、けっこうまじめに考えてるんだ。だめかな」

とりあえずお茶を飲もうと、ホテルのコーヒーショップに入ったとたん、林君はオーダーより先にそんなことを言い出した。タクシーの中で黙りこくっていたのは、たぶんセリフを考えていたのだろう。だが、うろたえ気味の口ぶりからすると、しゃれた文句はみんな忘れてしまったみたいだった。

「病院の事情はだいたいわかってるから、ナースを辞めて家に入れなんて言わないよ。

おやじやおふくろは俺が承知させるし。ほら、二人とも高血圧だの糖尿だのって、病院通いをしてるだろ。ナースのきついローテぐらいわかってくれるさ」

「結婚まで私の事情に合わせてくれなくてもいいわよ」

思わず言い返してしまったあとで、私は怖くなった。もしかしたらこれはプロポーズなんじゃないか、と気付いたのだ。だとすると、私はきっぱり断わったことになりはしないか、と。

「だめかよ」

やっぱりそうだったみたい。林君はいかにもここ一番の勝負に敗けたように、ものすごくへこんでしまった。

私たちは海に向かって高く大きく展《ひら》かれた夜景をしばらく眺めた。付き合い始めてからというもの、こんな気まずい時間を持ったことはなかった。これまでにも将来の話はしたが、いつだってもっとさりげなかったし、冗談とは言わぬまでも現実味がなかった。たとえば、郊外の庭付きと都内のマンションはどっちがいいかとか、男の子と女の子はどっちが可愛いかとか、ペットを飼うなら犬か猫かとか。

結婚がそういうものではないということはおたがいわかっていた。だから未来の話題に親は登場しなかったし、私の仕事に触れることはなかった。

「ひとりっ子だから、親を無視するわけにはいかないんだ」

「無視しろなんて言ってないわよ」

たがいの一生を決める大切な話さえも、いつもの対話のパターンを忠実に踏んでいる。つまり、林君が提起した話題を、私がとても手短に、聞きようによってはわがままに、ほとんどイエスかノーかで回答する。そしてそのうちに、私は答えることすら面倒になって勝手なことを考え始める。

レインボー・ブリッジの光を映す海の上を、屋形船がのんびりと近付いてきた。深い藍色の空に懸かるお月様を、ベイエリアの摩天楼がまるで敬虔《けいけん》な祈りでも捧げるみたいに、肩を並べて仰ぎ見ていた。このままだと、たぶん正夢になってしまうなと私は思った。

「おやじとおふくろには、浜中さんのことをちょっと話してあるんだ。もちろん反対なんかされてないよ。俺だって三十過ぎなんだから、親はむしろホッとしてると思う」

私は夜の窓をくぐり抜け、東京湾を飛び越えた。高速道路の下の、アールヌーボーだかアールデコだか知らないけど、小さな窓をごてごてとステンドグラスで埋めた暗い病院。シューズの裏に貼りつくリノリウムの廊下に私は立っていた。

院長と事務長は双児のようによく似ている。面接のときは二人が並んで座っていたから、おかしくてならなかった。事務長は院長のお兄さんで、大学を何年も浪人したあげく、医者になることをあきらめたそうだ。でも、そのあきらめがちっともコンプレックスにならず、いかにも晴れればれと自分に似合う人生を歩み出したとでもいうような人。患者さんたちは事務長のことも、若先生と呼ぶ。

院長は名医だと思う。白衣を脱いだらまったく医者には見えないだろう。でっぷりと太った体も濁《だ》み声も、がははっと大笑いをする癖も、くわえタバコのしかめっ面も、通りひとつ先の魚河岸によくいるタイプだ。

患者さんとは雑談ばかりして、診察も治療時間もとても短い。つまり判断が的確で手先も器用な、名外科医ということ。その証拠に院長は、ときどき大学病院に呼ばれてオペの執刀もする。

院長も事務長も財部《たからべ》さん。病院も財部病院。面接に来たとき、「ザイベ」と読んで受付で笑われたっけ。

「仕事を続けるのはかまわないけど、浦和からじゃ通勤が大変だな。とりあえず都内にマンションを探せばいいと思うんだけど、どうかな。俺も財部病院とは長い付き合いだし、働き手のナースを引っこぬくのも何だかねえ……」

病院の経営状態は思わしくないらしい。だからなおさら、林君は気を遣っているのだろう。七十年ぐらい前には、たぶん銀座の土地柄にふさわしいモダンな病院だったはずだが、今では通行人が立ち止まって珍しげに眺めるほどの、古い時代の遺物である。よその病院なみの医療設備といったら、せいぜい旧式のCTぐらいのものだ。これではドクターもナースも居つくはずはない。

林君がいちど、口を滑らせたことがあった。薬の支払いが滞っているって。ようやく集金した小切手を、事務長に泣きつかれて依頼返却したこともあったそうだ。つまり銀行で現金化しようとしたら当座預金にお金がなくて、あやうく不渡りになるところだったらしい。

ドクターのお給料が遅配になったという噂も聞いた。つまり金額の多寡ではなく、ナースよりもドクターのほうが、辞められても補充しやすいということ。そんな話をいろいろ思い返してみれば、経営状態は思わしくないどころか、かなり切迫しているのだろう。はためにそう見えないのは、院長と事務長と、そして何よりも親子代々の患者さんたちの人柄のたまものだと思う。

私と林君の関係を知る人はいない。いきなり結婚ということになれば、それはそれでめでたい話だけれど、林君の言い方を借りると、出入り業者がかけがえのないナースを引っこぬくことになるわけだから、やはりまずい。病院にとってはもちろんまずい。出入りの製薬会社もまずい。林君もまずいし、私もまずい。つまり、めでたい話だと手放しで祝福する人間は、当の二人を始めとして誰もいないことになる。

「それでさ、しばらく今まで通り財部病院に勤務して、そのうちナースの数が増えたころに辞めるか、病院をかわるかすればいいいんじゃないかな」

うちの病院にナースが充足することなんてありえない。断言してもいい。私は銀座の街が珍しくて決めたけれど、山奥の診療所からリュックサックの中に白衣を詰めて上京してくるナースなんて、そうそういるはずはない。

そんなこと、ナースの顔ぶれを見たってわかりそうなものだ。

三代前の院長のころから勤める総婦長は、国立がんセンターに入院中。その下は二十年飛んで逸見さん。さらに二十年以上飛んで、次は私なのだ。その間にいるナースたちはみんなアルバイトか、せいぜい渡り職人みたいな人たちで、とうてい定着しているとは言いがたい。もし万が一、給料の遅配でもあろうものなら、ナースステーションがもぬけの殻になることうけあいだった。

そんな状態だって、百床足らずのベッドが満床になることはまずないから、何とかやっていけるのだが。

「聞いてるの、浜中さん」

「うん、聞いてる」

「よそうか、この話」

「いいわよ、やめなくても。どうしようか考えてるの」

林君は胸を撫で下ろしたようだった。もちろんプロポーズを受け容れたわけではない。とりあえず承諾も拒否もせずに、ペンディングとしただけ。

「あのさ、浜中さん。俺のこと、愛してるよな」

「よくそんなこと訊けるわね。高校生みたい」

私は呆れて、林君の横顔を見つめた。この人は私が口にする愛の言葉を、ナースならではのリップサービスだと思っているのではないだろうか。もしそんなことを考えているなら言い返してやる。あなたがベッドの中で囁く「愛してるよ」も、薬屋のセールストークじゃないの。

もうギリギリだ。私たちは恋の絶壁を登りつめて、さあ頂上をめざすか、さもなくば撤退かという選択を迫られていた。しかもこの足場は二人が立つには脆《もろ》すぎて、一刻もとどまっていることができない。


午後七時。レストランの予約時間がきた。

「行こうか」

「食事をしながら話の続きはやめてね」

立ち上がったとたん、私たちは同時に見てはならぬものを見て、隠れるようにまた座り直した。

「見たよな」

「うん、見た」

「こっちに気付いてないかな」

「大丈夫だと思う」

私たちはそろりと腰を浮かせて、ガラスごしのウッドデッキを覗いた。鋭角に刈りこまれたゴールドクレストの生け垣の向こうに、キャンドルを挟んで語り合う男女の横顔があった。はっきりと確認したのち、私と林君は不必要なくらい深く椅子に沈みこんだ。

「まちがいない、逸見さんだ。きれいにすると、きれいなんだな」

たぶん「馬子にも衣裳」と言いかけたのだろう、林君は変な言い方をした。

私は逸見さんが白衣から私服に着替えると、いかにも様子のいいマダムに変身することを知っている。むしろ一瞬目を奪われたのは、「昔の男」のほうだった。

「お相手の男の人、見た？」

「ああ、見た。まったくお似合いだな」

テーブルに頰をくっつけるようにすると、ゴールドクレストの生け垣の間から、その男性の横顔が見えた。

シックなツイードの三つ揃いである。ベストのポケットから懐中時計の金の鎖が覗いていた。紐付きの靴はライトを照り返すほどピカピカに磨き上げられている。

テーブルの上には帽子が置かれていた。チャコールグレーの、鍔《つば》の広いソフト帽。逸見さんが肩から羽織っていたコートは、たぶん彼のものだろう。

「すてき。すごくすてきなおじさま」

「ええと、誰かに似てるな。外国のスター。ほら、ビデオで見たろう」

ヒントを与えられるまでもなく、私の胸に往年の大スターの名が浮かんだ。

「カサブランカのハンフリー・ボガート」

「そうそう。渋いよなあ。あの人が逸見さんの昔の恋人かよ。何だか映画のワンシーンみたいだな」

なるほどお相手の紳士がハンフリー・ボガートならば、逸見さんはイングリッド・バーグマンに似ていなくもない。私はふと、もし二十年後にこんな美しいシーンの主人公になれるのなら、林君と別れるのもまんざらではないとさえ思った。私も彼も、あんなふうに美しく齢を重ねるのは、とうてい無理だろうけれど。

やがて二人は、寄り添うでも離れるでもなく、いかにも遥かな時をかけてめぐり逢った恋人同士のように、ボードウォークを歩み去って行った。

男はボルサリーノの鍔を指先でつまんで風を怖れ、女は男のコートの襟を立てて、半歩さがって歩いた。そのわずかな距《へだた》りを、無言の悔悟が埋めていた。

私たちは二人の影が渚の闇に呑まれるまで、まるで名画のエンディング・ロールを見つくすように、席を立とうとはしなかった。

真夜中に携帯電話が鳴った。

マンションに帰ってから、久しぶりにいろいろとあって、抱き合いながら奈落の底に落ちるような眠りに入ったとたんだった。腹は立ったが、逸見さんは毎晩こんな目に遭っているのだと思った。

近くの料亭で遅くまで飲んでいた客が、カキにあたったらしい。財部病院はいちおう救急病院の指定は受けているけれども、交通事故や急病の患者をまともな病院に搬送するのは救急隊員の常識、というより良識であるらしく、ということはつまり、妙な事情の急患ばかり担ぎこまれるのである。

料亭の食中毒という、けっして表沙汰にしたくないケースなどは、その妙な事情の好例ともいえる。

了解とひとこと告げて電話を切ってから、こういうとき逸見さんだったら何て言うだろうと考えた。

(ちょっと田村先生。カキだって誰が決めたのよ。救急車を呼ぶほどひどいんだったら、何か薬物かもしれないし、ほかの食べ物かもしれないじゃない。意識障害はないんでしょうね。ともかく呼吸と循環の管理はきちんとしておいて。あわてて胃洗浄なんかしちゃだめよ。いちおう解毒剤と拮抗剤の用意はしておいて。ええと、アトロピン、亜硝酸アミル、あとはビタミンKとエタノール。すぐ行くからね)

状況はよくわからないが、料亭から担ぎこまれるにしては遅すぎる時間だし、何かほかのっぴきならぬ事故か事件を、当事者がカキのせいにしているのかもしれない。だとすると薬物中毒や麻薬や、一酸化炭素中毒の可能性も視野に入れておくのは当然だ。

そんなことは私にもわかる。医療の現場に長くいるナースは門前の小僧の何とやらで、大学を出たばかりのドクターより知識がある。ただしその知識をドクターに進言できるかどうかがキャリアというわけ。

「ごめんね、急患なの」

デートのときは必ず携帯電話の電源は切ってあるから、林君がこういう私を見るのは初めてだった。悪いなと思うより、正体を見られた恥ずかしさが先に立った。

「じゃあ、俺も帰るよ。タクシーで病院を回ってこう」

「いいわよ。寝てて」

「女の部屋で独り寝なんて、ヒモみたいでいやだし」

林君はすごく不愉快そうに言った。こういうとき、はっきりと文句をつけない彼の性格はかえってこたえる。私に緊急呼び出しがかかった理由を説明するのは面倒くさかった。

「浦和までタクシーで帰ったら大変よ」

「それくらいは経費で落とすからいいさ。ついでにきのうの食事代もそうすれば、つじつまが合う」

「だめよ、そんなの」

「ほかの病院のナースと飯を食うときは接待だよ」

カチンときた。そういうこともあるのかもしれないが、いやがらせのように告白してほしくはなかった。

「へえ。真夜中にタクシーで送ったりすることもあるんだ」

林君は答えずに帰り仕度を始めた。いったい何がそんなに気に障ったのだろう。たぶん緊急呼び出しではなく、懸命のプロポーズに私がはっきりと応じなかったからだと思った。よほど腹に据えかねていたのかもしれない。

「早くしろよ。人の命がかかってるんだろう」

俺たちは命がけで愛し合っているわけじゃないんだから、というふうにも聞こえた。あるいは、どうせ俺のプライオリティなんてその程度さ、というようにも。

「あのね、林君。私たちが結婚するっていうのは、こういう夜が毎晩のように続くってことなのよ。今まではずっと気を遣ってきたけど、これが私の現実なの。たった一度の呼び出しで臍《へそ》を曲げられたんじゃ、もう考える余地だってなくなっちゃうじゃないの」

「そのたった一度が、きょうだっていうのはタイミングが悪すぎると思わないか。神様がこの結婚に反対してるみたいな気がするよ」

「どうしてきょうが特別の日なのよ」

「浜中さんは軽く聞き流したみたいだけど、俺は真面目だった」

「わかってるよ、そんなの。でも、言い方が悪すぎたよ。いきなり親がどうのはないでしょうに。一生に一度のことじゃないの。どうして結婚して下さいって、きちんとしたプロポーズができなかったのよ」

「まさか。映画じゃあるまいし」

私たちは初めての口喧嘩をした。それまでおたがいが気を遣っていた分だけ、言い争いはとめどなかった。

私は言い負かされて泣いてしまったが、それでも逸見さんから仕事を任されたことは口に出さなかった。本来なら相応に負担しなければならない仕事を、私はいつも勝手に免れているのだから。その部分だけ、ほかの腰掛けナースやアルバイトと同じ根性だったから。

三十分ばかりも不毛な罵り合いをして、むろん結論を見ぬまま私たちはマンションを出た。別々にタクシーを拾った。別れぎわに林君は「じゃあな」と言った。

怖ろしい一言だった。もしそれが別れの言葉だとすると、私は一生その一言に呪われるにちがいなかった。

車の中で、私の落ち度について考えた。きょうに限って携帯の電源を切っていなかった理由を説明すれば、林君は納得してくれたと思う。でも、私はどうしてもそれを口にすることができなかった。

だって、逸見さんは三十年ぶりに恋人と会うのかもしれないんだよ。もしかしたらそれは逸見さんにとって、三十年ぶりのデートかもしれないんだよ。

そう思ったから私は、田村先生のサポートを買って出たのだし、そんなことまでいちいち説明したら、逸見さんがあんまりかわいそうすぎる。

どう考えても私に落ち度はなかった。でも、林君の気持ちもよくわかる。

もしこれが永遠の別れになったとしても、仕方ないのだろう。

「いい、浜ちゃん。できない約束はしない。言うことはそれだけ。責任はあなたを買い被っていた私にある。もういいから帰りなさい。ハイ、ご苦労さま」

処置室で輸液をしながら、逸見さんは振り向きもせずに言った。

三人の患者さんはともにお年寄りで、料亭から銀座のクラブに流れたところで気分が悪くなったそうだ。無事だった同席者は生ガキが嫌いなので手をつけなかったらしい。そこで「カキにあたった」ということになったのだが、そういうわけならほかに考えようはあるまい。

診察室では、料亭の女将《おかみ》と院長が小声で何やら話し合っていた。大方、この件はなにとぞご内密に、といったところか。院長まで駆けつけていたのは意外だったが、たぶん古いなじみなのだろう。

「やあ、浜中君まで来てくれたのか。なに、大したことじゃない。帰った帰った」

院長はガハハと笑った。でも、ダウンコートの下はパジャマだった。よほどあわててやってきたにちがいなかった。

田村先生が私の耳元で囁いた。

「えらい社長さんと国会議員だってさ」

食中毒ならば保健所に届け出なければならないが、表沙汰になればこの不景気のさなか、老舗《しにせ》料亭の存亡にかかわるというわけだろう。

「余計なことは言いっこなしよ、田村先生」

モニターを見つめたまま、逸見さんが小声で叱った。

「ふだんから血圧低いのかしらねえ。ノルアド入れたほうがいいんじゃないかな」

ナースが投薬の指示をするなど、よその病院ではありえないだろうけれど、逸見さんが言うと少しも僭越には聞こえない。患者さんはたぶん、ドレスの上から白衣を羽織った逸見さんを、辣腕《らつわん》の女医だと思っているにちがいなかった。

「そうだな、そうしよう」

と、田村先生はさして考えるふうもなく、昇圧剤の準備をした。

「浜ちゃん、ほんとにもういいから」

逸見さんはやっと振り返ってくれた。黒いラメ入りのドレスは、お台場のホテルで着ていたっけ。だとするとまだデートの最中だったことになる。

真暗な廊下に出るとたまらなく悲しくなった。靴の裏に粘りつくリノリウムの感触が切なくて、私は歩きながら泣いてしまった。

すっかりすり減って丸くなった階段の手すりに額を乗せると、大理石の冷ややかさが私を叱った。

逸見さんは私を信じられずに、携帯の電源を切らなかったのだろうか。それとも病院が気になって、たまたま電話を入れたのだろうか。いずれにせよ私のエラーは明らかだった。

「悩むほどのことじゃないわよ、浜中さん」

待合室のほうから、私を慰めるやさしい声が聴こえた。はい、と答えて顔を上げる。

街灯の光を透かすステンドグラスが、がらんとした待合室を彩《あや》かな色に染めていた。

「ここよ、ここ」

回転扉がゆっくりと回っている。真鍮《しんちゅう》の把手がめぐってくるたびに、高速道路の車の音と凩《こがらし》の唸りが滑りこんできた。

罅割《ひびわ》れた革の長椅子が整然と並んでいる。声は吹き抜けになった天井を支える円柱の陰から聴こえた。

「患者さんはたいそうな人らしいけど、そんなことはどうだっていい。たいしたことじゃなかったんだから、あなたが泣くことはないわ」

嗄《しわが》れた声の主がわかった。すぐ近くの国立がんセンターに入院しているはずの総婦長だ。私はいよいよ肩をすくめねばならなくなった。

円柱の根元には、輪を嵌めたように革椅子がめぐっている。昔のままのこの待合室はあまりにも使い勝手が悪いので、何度も改装をしようとしたらしいのだが、吹き抜けを支える円柱を取り払うことができないということで、ずっとそのままになっている。

総婦長はガウンの襟に厚いマフラーを巻き、チェックのブランケットで膝をくるんでいた。

いくら近くの病院でも、夜中に脱け出してくるなんて。いや、それはともかくとしても、どうして総婦長の隣に、逸見さんの昔の彼がいるのだろう。

私はいちどステンドグラスを見上げ、けっして夢の続きではないことを確かめた。

「この子がね、お二人のランデブーを台無しにした看護婦ですよ」

総婦長は厚いメガネの奥の目をいっそう細めて、紳士に囁きかけた。

私は肩をすぼめて言いわけをした。

「申しわけありません。出がけにちょっとごたごたしてしまって」

ソフト帽の鍔を上げて、その人は私を見つめた。口髭がとても似合うすてきな人。でも、やっぱり叱られた。

「どのようなごたごたかは知らんがね、まさか人の命にかかわることではあるまい。いいかね、生き死ににまさるごたごたなど、この世にあってはならぬのだよ。つまり君は看護婦という聖なる職にありながら、人の命を軽んじている。恥を知りたまえ」

まるで鞭で叩かれたような言葉だった。そう、エラーというより、私は恥ずかしいことをしてしまったのだ。

「まあまあ、そうまでおっしゃらなくたって。この子はね、これでもたいそう見所があるんですよ。今どきの若い人には珍しいくらい」

総婦長は微笑《ほほえ》みながら私をかばってくれた。

「それはまあ、わからんでもないが。こんな時代遅れの病院に長いこと勤めておるというだけで、感心といえば感心だ。ほう、こうして見るとなかなかの別嬪《べっぴん》さんじゃないか」

「でしょう。財部病院の婦長は、歴代が銀座小町といわれるくらいの美人なんですよ」

総婦長と紳士は顔を見合わせて笑った。何となく彼の正体がわかった。貸ビルを何棟も持っている、銀座の古い資産家。若いころに逸見さんと恋に落ちたのだけれど、親に反対されて泣く泣く別れた。総婦長はそのいきさつをよく知っていて、かつては二人の恋愛が成就するように、いろいろと骨を折っていたのかもしれない。

「あのう、私、婦長じゃないんですけど」

そんなことは総婦長に言うまでもないが、何だか未来を勝手に決められているような気がして私は抗《あらが》った。

「そうは言ったって浜中さん。私が辞めれば総婦長は逸見さんなんですから、その後任といったらあなたしかいないでしょうに」

励ますでも期待するでもなく、少し気の毒そうに総婦長は言った。まるで、これは運命だとでも言わんばかりに。

「ぼちぼち行こうか。彼女も紹介していただいたことだし、人目についても何だ」

「さいですね。ぼちぼち行きましょう」

紳士は総婦長を抱きかかえるようにして立ち上がった。厳しい感じのする人だけれど、女性のあしらいがとても上品で、手慣れている。

「あなたはいいわよ。それから、私たちに会ったことは内緒にしておいてね。こんな時間に病室を脱走したなんて知ったら、みんな真青になるから」

総婦長と紳士は、回転ドアを押して夜更けの街に出て行った。

私はもういちどステンドグラスを見上げた。

これって、夢の続きじゃないよね。

最悪の一夜が明けた休日を、私は銀座で過ごした。

さすがに携帯電話の電源は切らなかったが、病院からも林君からも連絡は入らなかった。仕事と恋人のどちらを選ぶこともできずに、結局両方から見捨てられてしまったような気がした。

並木通りのブランド・ショップを軒並み歩いて、暮れのボーナスがそっくり飛んでしまうくらいの買物をした。

世間の人はナースが高給取りだと思っているらしい。でもそれはひどい誤解だ。お給料を使う時間がないから、同じ齢ごろのOLよりも多少は貯金が多いというだけ。べつに好きでお金を貯めているわけでもない。

もちろんこのままだと暮れのボーナスは期待できそうにないが、使い途のないお金は銀行に積んである。

帰りのタクシーのシートには、恋人のかわりに紙袋が山積みになった。手当たり次第に買物をした熱が急にさめて、溜息が出た。この紙袋の中の品物のほとんどは、出番もなく春を迎えるにちがいなかった。使い途のないお金で、使い途のないものを買うばかばかしさ。世の人々が多かれ少なかれ授かっている恩恵に、私ひとりが無縁なのではなかろうか。

もしこんな悩みを口にすれば、聞いた人はみな、何て贅沢な女だと思うにちがいない。でも私は、一年に何回か催されるこの儀式に、ただの一度も幸福や満足を覚えたことがなかった。

白衣を脱いで、ダナ・キャランのスーツを着たい。白いサンダルのかわりに、グッチのパンプスをはきたい。輸液バッグや血圧計を捨てて、シャネルのバッグを持ちたいだけ。でも、少し幸せな気分になってブティックを出たとたん、見えないナースキャップを冠《かぶ》っている自分に気付く。白衣を着たまま、私は並木通りの早瀬に立ちすくむ。

プレゼントを背負ったサンタクロースのような格好でマンションに帰りついたのは、すっかり日が昏《く》れてからだった。

お給料の半分が家賃に消えるというのに、それでもこんな買物ができるという生活が、はたして優雅だろうか。東京に出てきたとき、一年間だけ憧れの都会暮らしを買うつもりで借りたマンションだったが、すぐに贅沢ではないと気付いた。私の毎月の出費は、家賃だけといっても良かったのだ。

きょうばかりは、お屋敷町の一角にむりやり建てたような低層マンションの、頭のつかえそうな天井の低さが息苦しかった。

エントランスのオートロックを開ける。東京はとても怖いところだと思いこんでいたので、このセキュリティの完全さが、ここを選んだ決め手だった。管理人も常駐しているし、一階は居住者専用の駐車場なので、泥棒どころかセールスマンも宅配便の配達人も、エントランスの先には入れない。

小窓の向こうで、管理人さんが会釈をした。日がなテレビを見ているだけの、私がこの世で最も羨む生活を送っている人。つまり私以外の、人間らしい生活を送っているすべての人の象徴として、私はこの年老いた管理人さんを羨んでいる。

さてこれから何をしようかと、エレベーターの中で考えた。まずこの紙袋の中の戦利品を、ひと通り身につけてみよう。いったい何を買ったのかも正確には思い出せないけど。それから宅配ピザを注文して、何週間も前に借りたきり見るヒマがなく、なぜか返却の催促もされないレンタルビデオを見よう。

廊下に出たとたん、その「なぜか」に思い当たって暗い気持ちになった。きっとビデオショップは催促をしているのだ。私が捕まらないだけ。そして私は「見るヒマがない」のではなく、見始めたとたんにいつも眠ってしまうだけ。

ドアの前で鍵を探っていると、まるで背中からすっぽり袋を被せられたみたいに、もっと暗い気分になった。このまま林君と永遠のサヨナラをするにしても、部屋の鍵だけは返してもらわなければならないと思ったのだ。

片手の指で数えられるくらい貧しい私の恋愛経験の中に、そんな改まった別れはひとつもなかった。どれもラストシーンなんか思い出せない、幸福な別れ方だった。だから部屋の鍵を返してもらうという儀式は、想像しただけで怖ろしかった。よほどさりげなく、たとえば人ごみの中で通りすがりに握手でもするような感じで返してもらわなければ、必ず一生の痛手となって残ると思う。

ハンドバッグの底で鍵を摑んだまま、私はきつく目をつむった。

雑多な化粧品や、手帳やメモの紙切れや未精算の領収書や、読みもしない文庫本で地獄の釜のように煮込まれたバッグの底に、私はようやく愛のかたちを探り当てたのだった。

私たちがひとつずつ持っているこの部屋の鍵は、私たちの人生の扉の合鍵だった。そんな大切なものを、傷つかずに返してもらう方法などあるはずはなかった。

ではその合鍵を正当な目的のために使えるかというと、たとえ二人の間に何の諍《いさか》いがなかったとしても、やはり無理な話だった。

好景気のころに都心の商店を畳んで郊外に家を建て、悠々自適に暮らしているご両親の関心事といえば、ひとり息子の結婚だけにちがいない。そして私は、最も条件に適わぬ女にちがいなかった。細かなことはさておくとしても、今の私は勤務先から深夜のタクシーで十分以内の場所に住んでいなければならないのだった。

そんなことは百も承知だったから、林君に対しては最初から腰が引けていた。結婚どころか、愛する心さえラップにくるんでいた。たとえどんなにすてきなプロポーズをしてくれたとしても、結果はやはり同じだったと思う。

「やあ、お帰りなさい。お留守中に失礼しています」

ドアチェーンをかけたとたん、闇の中からいきなり男の声がした。荷物もバッグも放り出して、ロックしたドアに体当たりをくれた。ともかく逃げなくちゃ。

「ご安心なさい。怪しい者ではありません」

やさしげな声でそう言われたって、この際安心に足る材料は何ひとつなく、怪しい者ではない条件なんて、自己申告のほかには何もない。

私はドアのノブに手をかけたまま、凍えついてしまった。まるで初めて患者さんの臨終の瞬間に立ち会ったときのように、頭の中が真白になってしまったのだ。声も出せず、体も動かなかった。

侵入者が泥棒ではなく、ストーカーでもないとすると、考えうる可能性はひとつしかなかった。私は気を取り直し、かなり確信をもって訊ねた。

「林君の、おとうさまですよね」

どういう経緯かは知らないけれど、合鍵が他人の手に渡るとしたらほかに考えようはなかった。

だとしても非常識ではある。真暗なダイニングの椅子にちょこんと座って、私の帰りを待っているなんて。私は壁を手で探って灯りをつけた。

「林君とは、誰のことかな。あいにくその方のおとうさんではありませんが」

正体を確認したとたん、私はもういちどドアに体当たりをした。絶対に安心できない。まちがいなく怪しい人だ。

「そうあわてなさんな。不作法はお詫びいたしますから、どうぞこちらへ」

私はしどろもどろで言った。

「あの、どうしてあなたがここにいるんですか。逸見さんに電話しますよ。いいですね」

「べつにかまやしませんがね。そう悪いことをしているとも思えんし」

「悪いことですよ。いったい何しにきたんですか」

「もとい。言われてみれば悪いことかもしれません。ご容赦下さいまし」

逸見さんの昔の男。ダイニングの灯りの下で半白髪の頭を垂れる様子は、非常識にはちがいないが悪意はなさそうだった。

彼がどうやってここに入ったかは考えなかった。ナースの習い性なのだろうか。つまり病気の経緯を知るのはドクターの領分で、ナースは今かくある病状を知っていればそれでいい。

「申し遅れましたが、こういう者でございます」

私がおそるおそるダイニングに入ると、男は立ち上がって名刺を差し出した。

「タカラベ……」

と、名刺に書かれた名前を呟いたなり、いくらか冷静になりかけた私の頭はまた真白になってしまった。

財部醫院院長
海軍軍令部囑託　財部慶太郎
醫學博士

「孫たちがお世話になっております。いや、僕が勝手に投げ出してしまった病院が、世話になっておるというべきか」

目をそむけちゃだめ。しっかりするのよ。この人は逸見さんのモトカレじゃない。

「昔の男」なんだ。

「あのう、つかぬことをお訊ねしますけど」

「何なりと」

「大先生《おお》、じゃありませんよね」

「と申しますと、倅のことですな。あれは道楽者でして、知れ切った往生をいたしましたのでこの世に残す思いはないようです」

私が病院にくる前にクモ膜下出血で亡くなった大先生を「倅」と呼ぶからには、この人は院長先生と事務長のおじいさんということになる。

落ちついて。笑顔を忘れちゃだめ。

「あの、もうひとつお伺いします。まさかとは思いますけど――」

「はあ、そのまさかでございますとも。生命兆候はありません。ほら」

と、男はツイードのスーツの袖をまくって手を差し出した。日ごろの習慣でつい脈を取り、私は仰天した。

「体温なし。脈も触れませんでしょう。しかし、君はしっかりしておるねえ。逸見君はとたんに血圧が下がって、卒倒してしまいましたが」

「私、気の強いのだけが取柄なんです」

「ふむ。看護婦はそうでなけりゃ務まらん。逸見君もそのときは卒倒したがね、二度目に電話をかけたときには、しゃんとしておった。お話を伺いましょうと、向こうから言いおったよ。たいしたものだ」

それがお台場のデート、ということなのだろうか。

私は冷蔵庫から缶ビールを取り出し、一本を死人にお供えしてから、一息に呷《あお》った。

「で、私もお話を伺っていいですか。気絶しないのは気が強いからじゃないんです。こういう話は、いっぺんこっきりで済ませてほしいから」

「疑問は感じぬのかね」

「物を考えてたらきりがないわ」

私には確証があった。お台場のカフェテラスでも、深夜の待合室でも暗くてよく見えなかったのだが、こうして目のあたりにしてみれば、その顔は院長室の壁に掲げてある「第二代院長・財部慶太郎」の肖像写真と同じだった。

外には凩が鳴っていた。中学校の校庭の乾いた砂が、ぱらぱらと音立てて窓に吹きつけた。

「あの、大先生ってお呼びしてもいいですか」

「ああいいとも。それにちがいはない」

「そしたら大先生。私、この間《ま》が怖くてやりきれないので、さっさと話をして、さっさと消えていただけませんか」

「わかった」と肯《うなず》いたものの、それからまたしばらくの間、大先生は私の顔をじっと見つめていた。

齢はいくつぐらいなのだろう。院長室の肖像写真は早くに亡くなったことを意味していたが、それよりはいくらか老けて見える。四十代の後半かせいぜい五十歳ぐらい。でも昔の人はおしなべて老けていたから、もっと若いのかもしれない。

怯えながらも私は、昔の男の居ずまいのよさに見とれた。三つ揃いのツイードや細い口髭の、こんなに似合うおじさまはきょうびどこを探してもいないだろう。

「孫たちは僕のことなど知らんが、総婦長からは何か噂でも聞いておらんかね」

私は顎を振った。財部病院のナースは総婦長から見習までてんてこ舞いの忙しさだから、仕事以外の話などしたことはない。

「あの、ご自身のことはどうでもいいです。ともかく、ここにいらしたご用件を」

ごもっとも、と言わんばかりに大先生は肯いた。

「浜中君。総婦長とも、逸見君ともさんざ話し合ったのだが、その結論を素直に聞いてくれるね」

「はい。もちろん」

冗長な口ぶりにうんざりとして、私はやけくそで答えた。

「何も言わずに辞めてほしい。孫たちは懸命に引き止めるだろうが、いっさいかまわんでいい。さっさと辞めて、嫁に行きなさい」

大きなお世話である。院長や事務長からそう言われるならまだしも、たとえ大先生とはいえ死人にどうこう言われるのは心外だった。

「いやです。私が辞めたら、逸見さんは過労死しちゃいます。そんなこと、できっこありません」

「その逸見君が、そうしろというんだからかまわんだろう。いやね、僕はそもそも君の身の上を慮《おもんぱか》って迷い出てきておるわけではない。病院の先行きが気にかかって、総婦長に会いに行ったのだよ。何しろ僕と面識があるのは彼女だけなのだから仕様がない」

「ひどい。病人ですよ、それも末期癌の」

「初期よりはましだろう」

「……それはそうだけど」

「さすがは総婦長だね。君が恋愛と仕事のはざまで大いに悩んでいることを知っていた。今やわが財部病院の要は、逸見君と君だ。病院の先行きは君の私生活の動向にかかっていると、総婦長は言ったよ。その点については逸見君の意見を聞いてほしい、とね」

「で、逸見さんを気絶させたというわけですか」

「まあそういうことになる。しかし、豈図《あにはか》らんや逸見君は言った。今さらどのツラ下げて出ていらしたのかは存じませんけど、先代と先々代の身勝手でこうなった病院を、若い浜ちゃんにまでしょわせるのは酷《ひど》すぎます。そういうことなら、さっさと嫁に行ってもらいましょうよ、と」

「私、逸見さんからは何も聞いてません」

「自分の口からはうまく言えないので、大先生が説得してあげて下さい、というわけだ。まあ、わからんでもないね。本人が言ったのでは、いろいろと誤解も招きかねぬし、説得力もあるまい」

「そうかな。死人に言われるよりはましだと思いますけど」

「ともかく、言うだけのことは言ったからね。あとは君自身で冷静に判断したまえ。では、そういうわけで」

大先生はいかにも言うだけのことは言ったというふうに、テーブルを揺るがせて立ち上がった。おそらく気の進まぬ仕事だったのだろう。

ソフト帽を背広の胸に当てて、大先生は昔の男らしいお辞儀をした。

「あの、先代の大先生が道楽者だったという話は聞いたことがありますけど――いえ、総婦長や逸見さんからじゃないですよ。患者さんから」

「まったく、好景気に浮かれ上がって、医者の本分を忘れよった。仕様のない倅だ」

「あなたも、やっぱり」

大先生は私を振り返って、悲しい目をした。否むでも肯《うべな》うでもなく、町医者のお手本のような微笑を添えただけだった。

「そこまでお送りします」

私は脇をすり抜けて、玄関に取りちらかった買物袋を片付けた。大先生のピカピカに磨き上げられた靴は、私の無意味な買物の下にきちんと揃えられていた。

きれいな星空だね。

だが、南洋の星ときたら、こんなもんじゃあない。夜の浜辺で深呼吸をすると、肺の中に転げこむんじゃないかと思うほどの星空だった。

総婦長は文学少女で、しばしばギリシャ神話の星ぼしの話をしてくれたものだ。彼女はいくつだったのだろう。日本赤十字社から志願してラボウルにやってきた看護婦の中でも、一等若かった。

近ごろでは、「看護婦」といってはいかんそうだね。なぜだろうな。先輩方が矜《ほこ》り高くそう自称しておった呼び名を、今の人の理屈で簡単に言い換えるのは、歴史に対する冒瀆《ぼうとく》ではなかろうか。ちがいますかね、浜中君。

僕は身勝手をしました。父の代から海軍の嘱託ではありましたが、べつに軍医ではないのだから、手を挙げてしゃしゃり出る必要はなかったのですが。

しかし、いざ戦《いくさ》となれば国家総動員法が何とやらで、大学を出たばかりの若い医者が軍隊にかり出された。後輩たちや、うちの病院の若い医師を送り出すうちに、これではいかんと僕は思い始めたのです。純然たる、医学者としての良心からね。

野戦外科医学というものは、たしかに外科医学のうちではあるけれども、きわめて特殊な分野です。一例を挙げると、四肢が傷ついた場合は、ほとんど他の選択を考えずに切断する。生命を維持し、感染症を防ぎ、輸血量を節約するためにはその方法が手っとり早いからです。

僕は、若い医師たちがみな戦場に送られて、荒々しい野戦医学ばかりを学んでくることを怖れました。それが、志願して軍艦に乗った理由です。

ラボウルには、六人の看護婦と一緒に送られました。自ら希《のぞ》んで南方の前線に赴く、立派な赤十字の看護婦でした。僕の戦友は乱暴な軍医たちではなかった。呉《くれ》の軍港からずっと一緒だった彼女らが、僕の戦友だった。

連日の空襲でずたずたにされたラボウルでは、当然のごとくほかの軍医や上官と対立しましてね、それで、ダンピール海峡を越えたニューギニアに、六人の看護婦ともども行かされる羽目になった。つまり、僕と彼女たちの勤務する第三野戦病院だけが、孤立無援の東部ニューギニア戦線に転進させられたわけです。たった百人分のキニーネと、モルヒネと手術用具だけを支給されて。

ダンピール海峡というのは、別名を鉄底海峡といってね、つまり制空権を奪われた日本軍の艦船の墓場だったのです。潜水艦か高速の駆逐艦で送られるならまだしも、僕らはちっぽけな徴用漁船に身をひそめて海峡を渡ろうとしました。爆音が聞こえると、エンジンを切って息を殺さねばならぬような。

漁船はニューギニアにたどり着けなかった。途中で魚雷艇の餌食《えじき》になってしまったのです。

粉々になった甲板のかけらに摑まって、僕らは漂流した。総婦長はずっと、傷ついた僕を支えていてくれました。

離れろ、と僕は命じた。手で探って、右足がないのに気付いたから。それでも彼女は僕の軍袴《ぐんこ》のベルトを抜いて、何度も海に潜ってね、応急の止血をしようとした。

離れろと言ったのは、血の匂いを嗅ぎつけて鱶《ふか》がやってくると思ったからです。彼女が泳ぎの達者なことは知っていましたから、ともかく西をめざして泳げと言った。ニューギニアの岸はさほど遠くないはずでした。

そのとき彼女は抗った。

「私、見捨てられません。看護婦だから」

わかりますか、浜中さん。私が上司だから、医師だから見捨てられないのではない。人間だから、傷ついた人間だから見捨てられないのです。これが看護婦だと思った。

正直を言うと、医者は患者を見放すことがままあります。現代医学の裁量ではいかんともしがたいと悟ったとき、ふっと心が離れてしまうことがある。しかし看護婦はそれをしない。治療する者ではなく、文字通り看護をする者であるから、彼女らが施す救済は科学ではないのです。

次第に意識が薄れていった。拍動に合わせて、血液がサアッと流れ出て行くのがわかりました。

凪《な》いだ海の上には、満月のしるす光の道が延びていた。

そのとき僕は、漂流する看護婦たちの歌声を聴いたのです。

火筒《ほづつ》の響き遠ざかる
跡《あと》には虫も声たてず
吹きたつ風はなまぐさく
くれない染めし草の色

それはいわば彼女らの主題歌である、「婦人従軍歌」でした。

僕はね、浜中君。そのころには、自分の行動についての考えが少し変わっていたのですよ。いざ戦場に出てみると、やはりひとりの医師として、僕の目は傷ついた患者に向けられた。

兵士たちの多くは、救いようがないのです。殺そうとする力に対して、生かそうとする力は余りにつたなかった。ほとんど無力といえるほどに。それが戦争というものです。だが僕は、蟷螂《とうろう》の斧と承知しても努力を怠りはしなかった。

戦で傷つき死んでゆく兵士には、忠節も愛国もないのです。みながみな、おのれの命を奪う文明を呪って死んでゆく。考えてもごらんなさい。本来なら人を生かす文明の利器によって、人が死んでゆくという理不尽など、あってはならぬことではないですか。

だから僕は、文明を担う科学者の意地において、人を生かすものこそが文明なのだと、彼らにわからせてやりたかった。たとえつたない努力でも、一門の大砲に向き合う一本の注射器が、蟷螂の斧に如《し》かぬとしても。

彼女らはそんな僕にとって、かけがえのない戦友でした。

あないさましや文明の
母という名を負い持ちて
いとねんごろに看護する
こころの色は赤十字

私を支えながら、総婦長も声をかぎりに唄っていましたっけ。しまいには、「こころの色は赤十字」という文句ばかりを、呪文のように叫び続けて。

僕は死にました。

魂が肉体から離れて宙空に漂い出たとき、この目でしかと見た光景は今も忘れられません。

総婦長はまるで病室のベッドでそうするように、まことに落ち着いて脈を取り、掌を僕の鼻先に当てて、呼吸の有無を確かめました。それから、やさしい力で僕を波の上に押しやると、立ち泳ぎをしたまままきっかりと挙手の敬礼をしました。

　その動作は、やはり医師や上官に敬意を払ったふうではなかった。生命の尊厳に対して、彼女は心をこめた敬礼をしたのでした。けっして嘆かず、とまどいすら見せず、彼女はいちど頭上を振り仰いで星を読むと、輝かしい月の道を、まっすぐに泳ぎ始めました。

　そんな話、何ひとつ聞いてないでしょう。

　英雄は語らず。世の人々がいかに称賛する偉業でも、真の英雄にとっては屈辱なのです。

　ほかの看護婦はみな死んでしまいましたが、泳ぎが達者で齢も一等若かった彼女だけは、ニューギニアの沿海で陸軍の大発艇に救助されました。

　それから彼女が、戦後どういう経緯で財部病院にやってきたか、偶然であるのか、思うところあって訪ねたのか、よくは知りません。ただわかっているのは、まだ医学生だった倅をよく助けて、もとの財部病院を復興してくれたということだけです。

　財部病院は進駐軍の接収を解除されたあと、何ごともなかったかのように元の下町の病院に戻りました。

　話には何の意味もありませんよ。ただ、満天の星がふと、忘れていたことを思い出させてくれただけです。

総婦長は財部病院に一生を捧げて下さいました。結婚もせず、たぶん恋愛のひとつもせず。逸見君が同じ人生をたどっていることにも、なかば感謝しつつ、なかば得心ゆかず。で、僕が病院の先行きについて相談したところ、何はさておき浜中君の名前が出たのでしょう。

僕にしてみれば、ちょっと見当ちがいのような気もするのですが、なるほど昨今の病院において看護婦が経営の要であることはたしかのようですし、大恩ある総婦長の思うところを、よもや僕が無視するわけにもいきますまい。

もう頭を悩ますのはやめにします。

ご結婚なさい、浜中君。総婦長も逸見君も、それを熱望しているのですよ。

たとえ君の退職がきっかけになって、病院を畳むようなことになっても、それはそれでかまわんじゃないですか。土地などはさっさと売り払って、どこか郊外で町医者でも開業すればいい。薬代の支払いにも窮するような病院経営より、ずっと理に適っておると思うのだがね。

いくら何でも、そう言って孫たちを説得するわけにはいかんし、かえすがえすも死人とは不自由なものです。

僕が申し上げたいことはそれだけ。逸見君との約束は果たしましたのでな。あとは僕の知ったこっちゃないから、よくお考えなさい。

それでは、これで。

「ちょっと待ってよ、大先生《おお》」

私は大先生の止めたタクシーを追い払った。

「おや、どうしたのだね、剣呑《けんのん》な顔をして。留守中におじゃました非礼は、重々お詫びしたつもりだが」

少しも悪びれた様子がない。今も昔も、男はみんな同じだ。

私がこのごろ痛切に感じている男と女のちがい。女はみな、どんなミステイクでも素直にあやまればなかったことになる、と思っている。しかし男は、ミステイクに気付かない。

私は大先生が留守中に無断で上がりこんでいたことを責めているのではなかった。死人の非常識に腹を立てたところで仕方ない。私が言いたいのは、生きていたころ、男であったころのミステイクだ。

「あのね、大先生。逸見さんが昔の男に会うっていうから、私はてっきり別れた恋人に会うのだとばっかり思ってたんです」

一瞬きょとんとしてから、大先生は死人らしからぬ高笑いをした。顔は似ていないけれど、この笑い方は孫たちとそっくり。

「昔の男か。そりゃあいい。彼女はヒューモアのセンスがあるね。昔の男にはちがいないが、本物の昔の男だったというわけか」

「いえ。実は今、大先生のお話を聞いていて気付いたんですけど、逸見さんはそういう意味で言ったんじゃないんです。たぶん」

「ほう、わけがわからんね。説明してくれたまえ」

私は大先生に詰め寄った。何を偉そうに遠いところばかりを見て、自分の足元がちっとも見えていないこんな男ばかりだから、今も昔も不幸な女が絶えないんだわ。

「はっきり言います。大先生は逸見さんの昔の男じゃなくって、総婦長の昔の男ですよね。逸見さんはわかってたんだわ。いくら英雄だって、心の許せる部下には何だって話すでしょうに」

愕《おどろ》いたふりをしたけれど、たぶん思い当たる節はあるのだろう。大先生の目は泳いでいた。

「何もなかった。八百万《やおよろず》の神に誓ってもよい」

「あるとかないとか、そんなことはどうでもいいの。先ほどの貴重なお話の中で、おたがいの名誉のために飛ばした部分があったとしてもかまやしないわ。でも、総婦長が大先生を愛していたのはたしか」

「不埒《ふらち》なことを言うもんじゃない」

「いいえ。これは女の勘。こと男女の色恋沙汰については、百発百中の女の勘です。いい、大先生。私ね、今やっと総婦長の超越的な人徳がわかった。すごいよ、あの人」

大先生はものすごくへこんでしまった。街路樹の根元に蹲《うずくま》り、散りまどう枯葉を指先で弄びながら、たぶんそういうことについては現代の男たちよりずっと純情な昔の男は、聞きようによっては可愛い言いわけをした。

「ま、彼女が星を見ながら、ギリシャ神話を語った相手は、僕ひとりだった。気付かなかったといえば嘘になる」

ＩＣＵのベッドで、総婦長はチューブに絡め取られていた。初めて会ったころにはダイエットに腐心していた体も半分くらいに痩せてしまって、まるで蜘蛛の糸に巻かれた蝶のように心細かった。

私が駆けつけたときからずっとベッドの脇で振り返りもせずに泣いているのは、妹さんとそのご主人だろうか。

「おとついの夕方から意識がなくなったって。知らなかったわ」

逸見さんが不満げに囁いた。

「きのう、でしょう」

「おとついだって。経過観察《フォロー・アップ》するしかないってドクターはいうんだけど」

現場に口を挟めぬもどかしさで、逸見さんは苛立っていた。妹さんから連絡があったのは、私が逸見さんと準夜勤務の引き継ぎをしていたときで、取るものもとりあえず白衣のまま駆けつけた。

意識が落ちてから丸二日間がたってもなお、フォロー・アップという状態が何をさしているのか、妹さんにもわかっているのだろう。

はじめは、おとといの深夜に病室を脱け出したことで、病状が急変したのではなかろうかと思った。だとすると責任は私にある。だが意識がなくなったのは、おとといの夕方なのだ。

頼りない波計を描くモニターのかたわらに、厚いレンズのメガネに並べてナースキャップが置かれていた。三本の黒線が刺繍《ししゅう》され、小さな赤十字の徽章《きしょう》の付いた総婦長のものにちがいなかった。

逸見さんは気付いているのだろう。でも私は、知らん顔ができなかった。唇を嚙みしめて俯いたけれど、涙がこぼれてしまった。

「浜ちゃん、ご家族の前よ。廊下に出なさい」

私は廊下に出ると、ストレッチャーの脚を調べるふりをして泣いた。白衣を着ているかぎり、たとえよその病院でも涙を見せるわけにはいかなかった。ただ、赤十大勢の患者さんの最期を看取って、こういう場面に脆いはずはなかった。

字の小さなバッジが目に入ったとたん、大先生が歩きながら唄った古い歌が胸に甦ったのだった。

やっぱり私は、大先生に不埒なことを言ってしまった。少くとも、あらぬ想像をして総婦長を貶《おとし》めた。

死の床にまで携えてきたナースキャップ。誰に言えるわけでもなかろうから、総婦長は苦痛のうちに意識が落ちる瞬間、それを握りしめたのだろう。

そしてその純白の帽子には、けっして色あせぬ赤十字のしるしが、矜り高く飾られていた。それはまさしく彼女の、そして私たちのこころの色だった。

年老いた総婦長は病院のシンボルで、ナースたちは何を教わったわけでもなかった。総婦長から直接の指導を受けたのは逸見さんひとりだと思う。でも私は、今このときになってすべてを授かった。言葉では言いつくせぬ、看護婦という聖職の秘蹟《サクラメント》を授けられた。

カーテンを透かして、茜色《あかねいろ》の夕陽が病室を染めている。逸見さんはけっして嘆かず、死にゆく人から目をそむけようともせず、赤い光の中にじっと立っていた。

「聖路加も立派になったものだねえ」

プロムナードのベンチに腰をおろすと、大先生はさりげなくコートを脱いで私の肩に掛けてくれた。

ほのかに香水が匂うのは、昔の男の嗜《たしな》みなのだろうか。夜更けのショットバーに充満していた、胸の悪くなるようなオーデコロンの匂いとはえらいちがいだ。

お台場から望むベイエリアには高層ビルがみっしりと建ち並んでいて、どれが聖路加のタワーなのか私にはわからない。

「うちの病院も、建て替えた当座は聖路加よりモダンだといわれて、東京中の評判になったものだ」

ショットバーのカウンターで、林君と別れた。

総婦長の病状を伝える私の声も、彼の耳には入っていない様子だった。よほど思いつめていたのか、それとも私の物言いに結論を予感したのか、林君は時の経つほどに塞ぎこんでしまった。

わがままではないと、私は何度も自分に言いきかせた。こんなにつらいわがままなど、あるはずはないのだから。

人間には誰しも生まれついて、本人の希《ねが》う幸福とは無縁の使命と責任があると思う。それらをともに成就させることができれば苦労はないのだが、できないとすれば捨てるものは決まっていた。

いつになく暇な、まるで神様が設《しつら》えたような暇な準夜勤務の間に、私は総婦長の人生について考えたのだった。もしかしたら総婦長は、私が答えを見出すまで心臓を動かしてくれているのかもしれなかった。彼女自身が、私のフォロー・アップをしているような気がしてならなかった。

総婦長が大先生を愛していたというのは、女の勘を働かせすぎた末の邪推だとしても、そう誤解されても仕方ないくらい、彼女は大先生を尊敬していたのだと思う。

聖路加よりモダンな病院を捨てて、大先生は戦場に行った。家族もいただろうし、自ら進んで軍医になるような齢ではなかったはずだ。それでも先生は、白衣の下に軍服を着て軍艦に乗り、孤立無援の南の島に向かった。

なぜ。本人の希う幸福とは無縁の、使命と責任を自覚したから。それらはともに成就させることのできぬものだったから、何を捨て何を選ぶかは決まっていたのだ。

大先生も、大先生と同じ志を持つ赤十字の看護婦たちも、まさかお国のために戦場に向かったのではない。地球一個より重い人間一人の命を救うために、すべての幸福を捨てたのだった。

尊敬する医師、あるいは志を同じくする戦友の最期を看取った総婦長のそれからの人生は、ほかに考えようがあるまい。

総婦長と逸見さんの思いやりは有難いけれど、私はどうしても、その親心を受け容れることができなかった。程度の差こそあれ、私だって生と死があるばかりの戦場を駆け回ってきたのだから。赤十字をこころの色とする、ひとりの看護婦なのだから。

話題が尽きたとき、私は林君にきっぱりと言った。鍵、返してよ、と。

言ったとたんに力が脱けてしまった。これで旗を返さずにすんだ。

「浜中君。少々意固地になっていやしませんか。僕のころとは時代がちがうのだし」

プロムナードを行き来する真夜中の恋人たちを珍しげに見やりながら、大先生は不満げに言った。

私たちの別れを、どこかから覗き見ていたのだろうか。ショットバーを出たとたん、大先生に肩を抱きとめられなければ、私は歩きながら人目も憚らずに泣き出したろう。

「時代がどう変わったかなんて、昔の男にわかるもんですか」

私が言い返すと、大先生はたちまち押し黙ってしまった。あんがい内気な性格なのか、それとも私のような女が、昔はいなかったのだろうか。

たしかに医療技術は格段の進歩をとげ、すぐれた機器がたくさん登場したけれど、だからといってナースの仕事が暇になったわけではない。今の若い人は大変ね、というのが総婦長の口癖なのだ。何でも昔は、安静を要する患者さんには付添人なるプロの人たちが雇われていたそうで、だとすると完全看護なる私たちの仕事の、半分ぐらいは免れてしまうような気がする。

今の男にも昔の男にも、私の立場をいちいち説明するのは面倒だった。

「つまり、あの子たちはナースじゃないってこと」

私は真夜中の恋人たちに顋を向けて言った。

「ふむ。わからんでもない。ともあれ、君の意固地は切なくもあり、嬉しくもあり――」

大先生は三つ揃いのベストのポケットから、ぴかぴかの懐中時計を取り出して、少し遠目づかいに眺めた。

「ぼちぼち失敬するよ。もうひとりの意固地な看護婦を、迎えに行かねばならんのでね。いくら何でも危篤が三日では、本人もまわりの人たちもお気の毒だ」

やはり総婦長は、私の結論を待っているのだろう。

大先生は、私の肩からコートをそっと脱がせると、真四角に見えるくらいきちんと折り畳んで腕に提げた。それからソフト帽をつまんで、とてもロマンチックな会釈をしてくれた。

ベイエリアの灯と夜空の星がにぎにぎしく交わるボードウォークを、昔の男は磨き上げられた靴を小気味よく軋《きし》ませながら去って行った。

きょうこそは返し忘れたビデオの、古い映画をおしまいまで見るとしよう。

昔の男に恋をするのも悪くはない。

客 ま ろ

人 う ど

風の死んだ盆の宵である。

銀座通りの人出とはうらはらに、知った店はどこも夏休みで、訪ね歩くうちにすっかり気分が萎えてしまった。

デパートで買った提灯《ちょうちん》の包みも嵩《かさ》が張った。盆の入りに思いついて買いにきたのだから、まさか送らせるわけにもいかなかった。

河津孝一は八丁目の喫茶店で汗を乾かしながら、ぼんやりと父母のことを考えた。早く家に帰って迎え火を焚《た》いてくれと、囁かれているような気がした。

完全な自由が突然にやってきた。去年の秋に長患いをしていた母が亡くなり、年の瀬には後を追うようにして、父も逝ってしまった。そうした不幸の結果を自由と呼ぶのは不謹慎だが、母の看病も父の身辺の世話もずっと続けてきた河津が、すべての苦役を免れて自由の身になったのはたしかだった。

父の四十九日をおえたあと、会社を辞めた。相続税を支払っても一生食うに困らぬだけの財産が残されたのだから、四十歳の独り身としては当然の選択だった。しばらくは勝手気儘《きまま》に暮らして、これからの人生について考えようと思った。

並木通りの疎《まば》らな行人を見るのにも飽いて、河津は喫茶店を出た。ドアを開けたとたんに、せっかく乾いたポロシャツの背を魔物のような湿気が抱きしめた。空虚な裏町が熱帯魚の水槽の中のように思えた。

車は西銀座の地下に沈めてあった。入口は近くにもあるが、駐車場の暑さを想像するととうてい手近の階段を使う気にはなれず、車の置いてあるあたりに見当をつけて、しばらく裏通りを歩いた。

会社を辞めるとすぐに、高級車を買った。財産を相続して放漫な気分になったわけではない。二十年近くも働いた職場なのに、誰も慰留してはくれなかった。むろんそう言われたところで意志を翻すわけでもないが、不景気の折から自主退職は大歓迎とでも言いたげな空気を感じた。自分は惜しまれるほどの人材ではなかったのだと知ると、退職金などはさっさと使い果たしてしまいたかった。で、愛想もなく振り込まれた大金は、たちまち外車に化けた。

歩きながらふと思いついて、寺に電話を入れた。慈光院は自宅に近い古刹《こさつ》で、住職の永井は幼なじみだった。

呼出音が長く続いたあとで永井が出た。いかにも書き入れどきのせわしなさが伝わってきた。

「すまんすまん、檀家を送りに出ていた。おふくろもかみさんも、まだ墓の掃除をしてる」

父母がともに地方出身者だった河津の家は、かつて葬式を出したことがなく、仏壇すらなかった。だから母の死で初めて慈光院の檀家となり、葬儀や法事の一切も永井の世話になった。

「デパートで盆提灯というやつを買ってきたんだが、ほかに用意しておくものはあるかな」

有難い友人だとつくづく思う。世事に疎《うと》く、頼むに足る近親の絶えてない河津になりかわって、永井が両親の葬式を出してくれたようなものだった。

「盆提灯かよ。まあ、それもあるに越したことはないがね。何よりもまず、きょうは盆の入りだから、迎え火を焚かなくちゃ」

「どうすればいいんだ」

「べつに難しいことじゃないさ。十三日の晩に家の前で火を焚いて、おやじさんとおふくろさんをお迎えするわけだ。それで、十六日の夜にまた送り火を焚く。大げさにやるなよ。木屑か割箸でも、ちょこっと燃やせばいい」

言われてみれば、その風景には見覚えがあった。迎える先祖のない河津の家に、その習慣がなかっただけだ。

「ああ、それからなあ、孝ちゃん」

と、永井は少し言いづらそうに、電話口の声をひそめた。

「すまんが、そっちのご供養は盆明けにしてもらえないか。十七日には必ず伺うから」

「なんだ。おやじとおふくろを送り出してからかよ」

河津は苦笑した。日ざかりの屋敷町を、バイクに乗って駆け回る永井の姿が思いうかんだ。

生まれながら永井賢了という僧の名を持つ友である。厳しく躾《しつ》けられていたせいか、子供のころからどこか浮世ばなれしていた。色白で体が小さく、運動はからきしだが成績はすこぶるよかった。寺を継ぐのが宿命とはいえ、都立高校をおえて迷わず京都にある仏教系の大学に進んだときには、誰もが気の毒に思ったものだ。そのうえ先代が早くに死んで、修行に出ていた本山から呼び戻された。

「無理が言えるのは孝ちゃんぐらいなんだ。すまないけど、そうしてくれないか」

永井はお布施をいっさい受け取ろうとはしなかった。寺の裏に用意してくれた墓所も、世田谷という立地を考えれば法外な安さだった。そんな友人の申し出に、苦言を返せるはずはない。

「かまわないよ。そっちの手の空いたときでいいから、電話をしてくれ」

「いや、十七日の朝には必ず伺う。よその坊さんに頼んでもいいんだけど、孝ちゃんのおやじさんとおふくろさんには可愛がってもらったからなあ。やっぱりご供養は俺がさせてもらわないと」

すまんすまん、と言い続けながら永井は電話を切った。わずかな通話の間に、電話機が汗みずくになってしまった。

銀座の夏がとりわけ蒸し暑いのは、かつて縦横に穿《うが》たれていた堀割を埋め立てたせいだからだという。もしかしたら足元には今も無数の暗渠《あんきょ》が繞《めぐ》っており、アスファルトの毛穴から饐《す》えた重い瘴気《しょうき》を吐き出し続けているのかもしれない。

今夜、門前に火を焚いて父と母の魂を迎える。そして、しあさっての晩に送り出す。美しいならわしだと河津は思った。

ビルのはざまに、淡い青のネオンが灯っていた。「葉月」という雅《みやび》な名に魅かれて、河津は路地に足を踏み入れた。

古ぼけた雑居ビルである。不機嫌そうに瞬く蛍光灯の下で、藤色の絽《ろ》の着物に黒い帯を締めた女が塩盛りをしていた。いずまいのよさに見惚《みと》れて、河津は思わず声をかけた。

「一杯だけ、いいかな」

開かれたドアの向こうに、いかにも趣味に適った古調なカウンターが見えた。

予期せぬ宵口の客によほど驚いたのであろうか、女は一瞬怯えるような顔をして立ち上がり、河津の風体を確かめてからようやく笑った。背が高く、うなじが涼やかなうえに、笑顔のいい女だった。

「あら、ごめんなさい。男手がないものですから、ちょっとびっくりしちゃって」

女は汗まみれの体を抱えこむようにして、河津を店の中にいざなってくれた。

「なじみの店がどこも閉まっていてね」

河津は止まり木に落ち着いた。カウンターだけの狭い店内は、熱に緩みきった肌がたちまち粟立つほど冷えていた。

「葉月です、よろしく。一杯だけなんておっしゃらないで」

ビールを注ぎながら女は言った。

「残念だけど長居はできないんだ。家に帰って迎え火を焚かなきゃならない。ほら、今さっき盆提灯を買ってきてね。帰りがてら一杯やってこうと思ったんだが、どこも休みで」

女は手の甲を口に当てて、くすりと笑った。マニキュアを刷かぬ透明な爪が好もしかった。

「飲みに出たついでに、盆提灯をお買いになったんでしょう」

正しくはそうだと思う。家に近い渋谷を通り過ぎて銀座まで出た理由が、ほかにあるわけがなかった。

「今年は新盆《にいぼん》だからね。信じられるか、ママ。おやじとおふくろに続けて死なれちまった。いくら仲のいい夫婦だって、あの世まで一緒に行くことはなかろう」

ああ、さいですか、と女は古めかしい言い方をして眉をひそめた。

「お慰めする言葉も見つかりませんけど、よかったら愚痴をおっしゃって下さいな」

ビールを一息に飲み干して、河津はこの行きずりの女に愚痴をこぼすつもりになった。

「四十の独身男っていうのは、きょうびちっとも珍しくはないだろ。おやじもおふくろも、ずっと俺を子供あつかいしていたしな。居心地がいいもんだから、嫁さんをほしいとも思わなかったんだ。ところが、もうだめだというときに、おふくろは俺の手を握って言ったんだよ。孫の顔が見たかったのに、だと。しまった、と思ったな」

河津と同じ齢ごろだろうか。愚痴を聞く女の表情には、けっしてお追従《ついしょう》ではない切実さがあった。

「おやじは、倒れる前に説教しやがった。どう生きようとかまわないけど、家が絶えるのはうまくないぞ、って」

「ご縁談がなかったわけじゃないんでしょう」

「そういうものはあるなしじゃなくって、その気になれるかどうかだろう。もちろん惚れた女のひとりやふたりはいたけどさ、あのおやじとおふくろじゃ、女のほうだって考えるよ。俺だって無理強いはできないし」

「難しい方だったんですか、おとうさまとおかあさま」

「まあね。おやじは縦のものを横にもしない。おふくろは大根の葉っぱまで佃煮にするような女さ。難しいっていうより、そういう家のひとり息子の嫁さんになってくれっていうのはね」

実はそこまで悩んだためしはなかった。親子三人の暮らしは誰にとっても居心地がよく、先ざきのことをあれこれ考える間もなく時が過ぎていった。むしろ嫁をもらって新たな人間関係を作るのは億劫だった。

「お客さん、お名刺ちょうだいしていいかしら」

長い間の癖で、名刺入れのありかを探ってしまった。

「会社は辞めたんだ」

「じゃあ、お名前だけ」

河津、と名乗って、コースターに「河津孝一」と書いた。葉月という女は両手で拝むように名前を戴いてから、「孝ちゃん」と唇だけで呟いた。

「おとうさまもおかあさまも、そう呼んでらしたわね、きっと」

「そうそう。それがいけなかったな。四十になっても孝ちゃんだ。居心地がよすぎた」

「孝ちゃんの本音はそれね」

　利発さをぼんやりとした空気でくるみこんでいるような女だった。よほど厳しい店で客あしらいを学んだか、さもなくば芸者あがりだろうかと河津は思った。

「べつにいけないことだとは思いませんよ。生活に満足していれば、結婚する必要なんてないもの」

「おっしゃる通り。だが、ひとりぼっちになってしまうと、そうも言ってられない。今さらおやじとおふくろの願いを叶えるっていうのも変だけど、そろそろ嫁さんを探そうかと思っているんだ」

　ビールを空けてから、河津はウイスキーのボトルを注文した。この店が気に入った。元の会社の人間や、取引先の見知った顔に会う心配もあるまい。

「このあたりはずいぶん遊んでいるんだけど、気がつかなかったな。いつ開けたの」

「あら、昔からあるわよ」

　葉月は水割りを作りながらこともなげに言った。その「昔」がいったいいつなのか、訊ねるのは女の齢を問い質すのも同じだろうと思った。

「いただいてもいいかしら。きょうは酔えそうだし」

　ドアに目を向けて、葉月は溜息をついた。

「お客がきたら、俺がバーテンになってやるさ」

「こないわよ。みんなきっと迎え火を焚いているわ」

「俺もその迎え火とやらを焚かなくちゃ。どうすりゃいいんだろう。坊主が言うには、割箸か何かをちょこっと燃やせばいいらしいけど」

水割りで赤い唇を湿らせてから、葉月は手品のように割箸の束をかざした。

「もしご迷惑じゃなかったら、私が教えてあげる。酔っ払わないうちにお店を閉めるわ。おうち、どこかしら」

あながち冗談には聞こえぬ口ぶりだった。

「世田谷。本気なら有難いな。ひとりで迎え火を焚くってのも、何だかみじめだし」

グラスを半分ほど空けてしまってから、河津は忘れていたことをもうひとつ思い出した。

「きょうは車だった。うっかりしてたよ」

「だったら、孝ちゃんのおうちで飲み直しね」

「本気かよ」

「女を家に連れて帰るっていうの、何よりのご供養じゃないかしら」

顔色を窺う間もなく、葉月は一息にグラスを空けると店じまいにかかった。

古い屋敷町の空を、桜並木の厚い葉叢《はむら》が蓋《おお》いつくしていた。

なるほど少なからぬ家の門前に家族が出て迎え火を焚き、子供らは火の消えたあとの花火を楽しんでいた。

自分の家にはその儀式の必要がなかったから、今までは気にも留めていなかったのだろう。

葉月の申し出は冗談ではなかった。さっさと店を閉め、路地裏の看板を階段の後ろにしまうと、河津に腕を絡めてきた。手には新しい割箸の束が握られていた。車の中ではたわいのない雑談を交わし、話題が尽きるとおたがいに酔ったふりをして演歌を唄った。

盆の迎え火という妙な理由にかこつけて、この女は行きずりの男に抱かれようとしているのだろう。ほかに考えようはなかった。

一見《いちげん》の客のほうが後腐れがないと思ったのか、それとも一夜の義理をからめて常連にしようという魂胆なのか、いずれにしろ河津にとって損な話ではなかった。

家の前まできて、葉月は石塀を繞らした構えに驚いた様子だった。

「ほんとにあなたひとりなの」

「誰かいたら、君をこうして連れてくるわけないだろう」

父は河津が高校に通うころまで、沿線の隣り町で不動産業を営んでいた。会社と呼ぶより駅前の周旋屋といったほうがいい程度の店構えだったから、この家は不釣合いだったように思う。父の人生の詳しい経緯を、河津は知らなかった。

めくるめく土地高騰が頓挫したころ、父は思いきりよく廃業した。その後の十数年は、夫婦そろっての病院通いが人生のようなものだったから、生まれ育った家のほかには遺産などなかろうと思っていた。肝臓病ではない突然の心筋梗塞による死など、父はまったく予定していなかったのだろう。何も知らされぬまま、河津もまったく予定にない自由を相続することになったのだった。

「あの、私、ご迷惑をかけるようなことはしませんから」

ガレージに車を入れてエンジンを切ったとき、葉月はようやくのようにそう言った。

「迷惑も何も、迎え火を焚いて飲み直すだけさ。あしたは送るよ」

「あした、ですか」

「だって、酒を飲んだら送れないだろう」

ガレージから望む芝生の庭の荒れようを、河津は恥じた。月のない暗い夜だが、塀ごしの街灯が荒れ庭を照らしていた。

向かいの家の老夫婦が、火の後始末をしながらこちらを見ていた。

「孝一さん、迎え火は焚かなきゃいけませんよ」

母とは仲の良かった老婦人に声をかけられた。葉月は助手席から降りて気まずそうな会釈をしたが、老夫婦は揃って気付かぬふりをした。

「はい、これから焚きます」

老夫婦は桜の大樹がのしかかる門の中に消えた。

ひとりになってからというもの、近所の目がうっとうしくてならない。古い屋敷町の住人は、あらかたが父母と同世代の老人たちだった。子供らは結婚すれば男も女も家を出て、盆暮に孫を連れて帰ってくるのが、この町では当たり前のかたちになっていた。

「孝ちゃんもそうすればよかったのに」

荒れた庭を顧みながら呟いた葉月の声が、母の声に聞こえた。

「そうすれば、って？」

「結婚して、おうちを出ればよかったのよ」

頭がいいのか勘がいいのか、これくらい男の肚《はら》のうちが読めなければ銀座のママは務まらないのだろうか。

「まあ、考えないわけではなかったんだけどね。立派な家があるんだから、何もマンションを買う必要はないだろうって、おやじもおふくろも猛反対した」

父母の反対は昔気質な主張ではなかった。ちょうど好景気がはじけ飛んだころの話で、不動産を新たに買うことはもちろん、所有者の不安定な賃貸物件に入居するのも、利口な方法ではなかった。

「さあて、飲むか焚くか、どっちが先だろう」

お道化て言いながら、河津はガレージから顔を出して桜並木の様子を窺った。遥かな夜の彼方に、二つ三つの迎え火が見えるきりだった。

「迎え火を焚いてから、おとうさまとおかあさまと、みんなで飲むほうがいいわ」

「そうだな、そうしよう」

葉月は割箸の束を握ってガレージから出ると、門前の桜の根方に蹲《うずくま》った。

後ろ姿のいい女だった。長く伸びた襟足には、えも言われぬ艶があった。硬い紹の地にくるまれた撫肩に、掌を置いてみたいと河津は思った。

「おまかせしていいかな」

「火はあなたがつけなくちゃ」

割箸の袋を揉んで焚きつけにし、その上に木組を据えると、小さな焚火ができ上がった。葉月のかたわらに屈みこみ、襟元から抜き出したマッチを受け取った。

「ほんとはね、火のまわりにお供え物をするのよ。それで、門から玄関まで迎え火をいくつも焚いて道を照らすの」

「そんなことをしたら、ご近所に文句を言われるよ」

「だから、ひとつだけ」

葉月は門から玄関に続く躑躅《つつじ》の植え込みを透かし見るかのように、袖をからげて指先をつうと引いた。

「ずいぶん詳しいんだね」

するると葉月は、睫《まつげ》を伏せて悲しいことを言った。

「まだちっちゃいころ父母に死なれたから、迎え火を焚きつけるのはいつも私の役目だったの。いやでいやで仕方なかった」

深くを訊ねる気にはなれなかった。身の不幸を思い知らされるのがいやだったのか、子供心にそうした習慣が怖かったのか、そのどちらかなのだろう。

「今はもう迎え火を焚かないのか」

「ご位牌は里のおじさんに任せきりだから」

箸袋の焚きつけに火を入れてから、河津はマッチを葉月に手渡した。

「君もつければいい。うちのおやじとおふくろと、君の両親とみんなで飲もう」

葉月は思いがけなさそうに白い顔をもたげた。

「やさしい人ね」

マニキュアのない指先がマッチの軸をつまんだ。包みこんだ炎は肌を焙《あぶ》らずに、指の間を桃色に透かした。

やがて二人の灯した火がひとつの炎になった。

「おたがいの親ならいいけど、ほかの人が寄ってきたらいやだな」

言ってしまってから、背筋に怖気《おぞけ》を感じた。葉月は答えてくれなかった。

炎の中に悪い記憶が甦った。

いまだに信じられない。

あのとき美奈子は、いったい何を考えていたのだろう。おそらく筋立ったことは何ひとつ考えず、あとさきかまわずあんなことをした。だからいまだに、悪い夢だったような気がするのだ。

たとえば夕映えの舗道で、追い越す人の影が迫ってもいちいち戦《おのの》くような女だった。むろんそうした性格は十分に知っていたから、父母に引き会わせるときはそれなりの配慮をしたつもりだった。

駅から続く桜並木を歩むほどに、美奈子の足どりは重くなった。屋敷町の空気が、自分を拒んでいるように感じたのかもしれなかった。石組の門前に立ったとき、美奈子はろくに物も言えぬくらい圧し潰されていた。

父母の目にはそんな美奈子が、嫁などにはほど遠い小娘に見えたのかもしれない。結婚の意志を口にしようとする河津の機先を制して、父も母もあからさまに美奈子を拒否した。

「まだおたがい若いんだから、先ざきを深刻に考えるもんじゃないよ」

と父は言った。

「孝ちゃんが女の人を連れてきたのは初めてなの。ちょっとびっくり」

母はそう言って笑った。

結婚を急がねばならぬ理由を、その場で両親にうちあけることはできなかった。さほど気難しい親たちであったとは思わない。大学を出て就職したばかりの倅《せがれ》が、あわただしく人生を誂《あつら》えようとすれば、大方の親は反対するだろう。

両親と美奈子の対面は三十分も保《も》たなかった。会話が途切れ始めたころ、河津は美奈子の口から、さし迫った事情が洩れることを怖れた。それで、遁《のが》れるように美奈子を連れて家を出てしまった。昼どきであったのに、両親は引き止めようともしなかった。

美奈子の体に宿る命について、河津は簡単に考えていた。若かったからではなく、男とはしょせんそんなものだろうと思う。

駅前の喫茶店で、しごく簡単に、まるで父母にそう命ぜられたかのような結論を美奈子に強いてしまった。涙こそ見せはしたものの、美奈子に抗《あらが》うふうはなかった。

だが、手術の朝に迎えに行ったアパートには鍵がかかっていた。美奈子の翻意を予想してうろたえたが、苦悩までを斟酌《しんしやく》した記憶はない。

ちょうどその時刻に、美奈子は河津の家に近い私鉄の踏切の、遮断機を潜って線路に佇んでいた。いったい何を考えていたのか、思いつめた末か思うことをやめた結果か、それすらもわからない。恋人はただ、死という厳かな事実だけを残して消えた。

かかわるな、と父母は言った。それが正しい態度であるはずはないが、悪い時代を生き抜き、勝ち残ったともいえる父母の指示に河津は順《したが》った。

明らかな当事者であるのに、そうと決めればふしぎなくらいかかわらずにすんだ。世の中はあんがいいいかげんなものだと実感した。みずから選んだ死でさえなければ、縁者知人も医師も警察も進んで介入するであろうに、まるで世の中のすべてがかかわりを避けるかのように美奈子は忘れ去られた。

美奈子と知り合ったのは、その年の花の季節だったと思う。いかにも商売には不向きの、無口な酒場の女だった。週末の一日を美奈子のアパートで過ごすだけの関係が、蜩《ひぐらし》の鳴く晩夏に突然終わった。愛する気持ちに偽りはなかったが、情の深みにまではとうてい及ばぬ時の短さだった。そのうえ信じ難い結末が、河津に保身を強いた。

怯懦《きょうだ》であったとは思わない。世間が美奈子の死にかかわろうとしなかったように、自分があえてかかわらぬのは当然だと、河津は思うことにした。そう信ずると、痛手はたちまち多少の痒《かゆ》みと見映えだけが気になる瘡蓋《かさぶた》になった。

美奈子と、その体から離れることなく鉄路に消えた命が、どのように弔われどこに葬られたのかも、河津は知らない。

いちどだけ、電話の呼出音にも怯えなくなったころに、どういう伝《つて》を辿ったものか美奈子の兄嫁と名乗る人から連絡があった。

ひどく聞きとりづらい方言で、あんまりかわいそうだから供養のつもりで事情を訊ね回っている、とその女は言った。二人の関係を知っているふうはなかった。

むろん善意の他人を装った。しかし電話を切ったとき、初めて美奈子を不憫《ふびん》に思った。親でも兄でもなく、兄嫁という立場の人がひとりひそかに美奈子を悼んでいることが切なかった。


葉月は炎に割箸を焼《く》べ続けていた。

「これくらいでいいんじゃないか」

迎え火は胸の毒だった。

「もう少し」

炎は河津の不実を責めるように、勢いよく爆《は》ぜた。

「よく知らないやつまで寄ってきたら、どうするんだよ」

「いいじゃないの。みんなで飲めば」

老いた桜の幹に夜の蜩が鳴き上がって、河津を戦かせた。

近所の迎え火はみな消えてしまった。湿った光の笠を着た街灯の、遥かにつらなる道の涯《は》てを河津は見つめた。その光の下を浮きつ沈みつするように近付いてくる人影が、家路を辿る人ではない何ものかのように思えてならなかった。

いくつかの影は、呼びこまれるように途中の門の中に消えた。

「孝ちゃん、いい男ね」

炎に照らし上がる顔をほころばせて、葉月は笑いかけた。

「いい男で、お金持ちで、やさしくって、どうしてご縁がないのかしら」

「少くとも、やさしくはないいな」

答えるのではなく、おのれに向かって問い質すように河津は呟いた。

両親との暮らしは、たしかに居心地がよかった。しかし人並の恋愛はしてきたのだから、その暮らしが縁遠さの理由にはなるまい。正しくはすべての恋愛が、成就するかにみえて潰《つい》えた。

「君は、呪いを信じるかい」

河津は唐突に訊ねた。

「こわいこと言わないでよ。なに、それ」

「ひどい別れ方をしたら、女に呪われるかな」

指先で残り火を矯《た》めながら、葉月は少し考えるふうをした。

「捨てられたら憎むわよ。呪いのかけかたなんて知らないけど、憎み続けるわ」

「それは女の勝手だ」

「でも、人に憎まれて得はないわよ。もしかしたら恨みが通じるかもしれない」

河津は苦笑した。

「つまり、その恨みとやらが通じたらしい。嫁さんにしようかなと思ったとたん、いつも別れるはめになった」

葉月は黒い夏帯を軋《きし》ませて立ち上がった。いたいけにちぢかまっていた鳥が、やおら彩《あや》かな羽を拡げたように思えた。

「さあ、飲みましょう。送っていただかなくていいから」

藤色の絽の袖から真白な腕を差し出して、女は河津の手を引いた。


体の相性にまさるものはないと、聞いたことがある。

どれほど趣味や価値観が同じでも、肌を重ね合わせたときの安息と、それに続く快楽の深さを共有できなければ、感情はいずれしおたれてしまうらしい。

これまでの恋愛が成就することなく破綻した理由はそれかもしれないと、葉月の体を飽くことなく抱き続けながら思った。

心がどれほど恋い慕い、頭がありありと未来を仮想したところで、体がこの人はだめだと拒否してしまえば、たがいが結婚を考えたとたんに理由なき破局が訪れるのではなかろうか。なにしろ一生を伴に添う体なのだから。

葉月の肌は夜の匂いがした。陽光や乾いた風とは無縁の、月と漆黒の夜気がねんごろに練り上げたような体だった。

その感触にはたしかな記憶があったのだが、河津は考えぬようにした。

酒が回りきらぬうちに、たがいを求め始めた。湯を沸かして体を洗い合い、寝室のベッドに倒れこむまで、まるで親しんだ恋人のように手管は何ひとつ要らなかった。

明け方になってようやく眠りに落ち、時刻も不確かなころに目覚めて、また愛し合った。

葉月は冷蔵庫の中のわずかな素材から、魔術のように料理をつむぎ出した。それを肴にしばらく酒を飲むと、猛々しい力が甦った。このごろ衰えを感じ始めた体のどこに、こんな力が隠されていたのだろうと河津はふしぎに思った。若いころにもこれだけの情熱を滾《たぎ》らせたためしはなかったはずだから、体の相性がいいと思うほかはあるまい。

帯を解き、髪をおろした葉月は平凡な女だった。肌は白いが肉は貧しく、とりたてて齢なりの色気を感ずるでもなかった。そして何よりも、行きずりの女を愛する理由が見当たらなかった。だのに、その体が愛しくてならなかった。

庭を打つ雨音に目覚めてカーテンを開けたのは、三日目の午後である。

居間のソファで、体を重ね合ったまま眠ってしまった。テレビはまるで別世界の出来事のような、あわただしい政局の有様を映し出していた。いったい何度目の歓びであったのか、数える気にもなれなかった。

「これじゃ送り火が焚けないね」

河津は雨空を見上げた。立ち騒ぐ木々の枝がときおり白く光った。耳を澄ませば遠雷の轟きも聞こえた。

この雨が過ぎ、近所の目がなくなったころ火を焚いて、葉月を家まで送ってやろうと思った。

「帰りたくないわ」

ソファに沈んだまま、葉月が呟いた。

「そうもいかないだろう。店はどうするんだ」

「どうせどこもお休みだもの。かまわないわよ」

河津は答えに窮した。葉月に悪意があるとは思えないが、素性の知れぬ女を何日も家に置くわけにはいくまい。それに、実はこれが本音なのだが、いくぶん辟易していた。ともかく独りでぐっすりと眠りたかった。

「それとも、ご迷惑かしら」

雨に濡れた荒れ庭を見つめながら、河津は言葉を選んだ。

「そんなことはないけど、明日は坊さんがお経を上げにくるんだ。近所の幼なじみだから、一杯やりたい。なにしろお布施も受け取ってくれないやつだからな」

「いい人ね」

葉月はしみじみと言った。

「ああ、まったくいいやつだ。ご近所はみなさん長いつきあいだけど、親身になってくれたのはあいつだけさ」

「いい人だわ」

雨足がにわかに募って、間近に雷鳴が鳴った。女が金切声を上げながらはね起きて、河津にしがみついた。背中に伝わる胸の轟きと、肌に食いこむ爪の痛みにありありと悪い記憶が甦って、河津は身をすくませた。

「帰れないわ」

「じきにやむさ」

「でも、帰りたくないもの」

「わがままを言うもんじゃないよ」

「私、わがままな女じゃないわ」

背にすがりついたまま首だけを伸ばして、女は河津の耳朶《じだ》を口に含んだ。

「ねえ、孝ちゃん。私、わがままなんて言ってないわよ。何ひとつ」

考えすぎてはならない。この湿った肌の感触も低い呟きも、まとわりつく黒髪も行きずりの女のものだと、河津は自分に言い聞かせた。

石塀の外にバイクが停まって、河津は暗い想念から救い出された。

「例の坊さんだ。二階に上がっててくれ」

べつに悪事を働いているわけではないが、新盆に女を連れこんでいると知られてはばつが悪い。

チャイムが鳴って、インターホンから永井の声が聞こえた。

「やあ、降られちゃった。雨宿りのついでと言っちゃ何だが、ご供養させてもらえるか」

「ちょっと待ってくれ。風呂上がりなんだ」

振り返ると、葉月の姿は見当たらなかった。身仕度をしながら階段の下まで行って、河津は小声で告げた。

「お経だけ上げてもらうから、歩き回らないでくれよ」

父母が自慢にしていた造作だが、さすがに年を経ては軋みがひどい。女の答えはなかった。

葉月の草履《ぞうり》を下駄箱に収《しま》い、玄関の錠を解くと、濡れ鼠の坊主が転げこんできた。

「まいったまいった、走り出したとたんにこのざまだ」

「うちに寄るくらいなら、寺に帰っても同じだろうに」

「そりゃそうなんだが、考えてみりゃ、送り火のあとにご供養ってのも、何だかな」

永井は投げ渡したタオルでつるりと頭を拭い、法衣の袖を絞った。

「脱いでいいぞ。裸でお経を上げたって、おやじもおふくろも怒りゃしない」

「そうもいくまい」

永井は濡れた足袋《たび》のまま家に上がった。

「ひとりか」

廊下を歩み出すと、永井はいきなり訊ねた。一瞬どう答えるべきかと迷った。質問に他意はないと踏んで、河津は嘘をついた。

「おやじとおふくろは、まだいるはずだけどな」

永井は不審そうだった。そう見えるのはこちらに弱みがあるからだろうと思うのだが、目配りにも物腰にも、いつもの落ち着きが感じられなかった。

父母が寝起きしていた八畳間が、仏間になっていた。永井が襖《ふすま》を開けると、線香の煙がむっと溢れ出た。

「おいおい、いくら新盆だからって、こんなに線香を上げるなよ。危ないぞ」

河津は思わず天井を見上げた。いたずらのつもりなのだろうか。真新しい仏壇には立てられたばかりの線香の束が、もうもうと煙を噴いていた。

「だいたい、何だよこの一束ってのは。そりゃあ、線香は仏さんの食べ物だがね、たくさんお供えすりゃ喜ぶってもんじゃない」

永井は濡れた衣のまま、座蒲団《ざぶとん》を押しやって仏前に座った。そしてふいに、大声で経文を誦《ず》し始めた。河津もかしこまって手を合わせた。

天井がみしりと軋んだ。雨音は激しかったが、むしろ床の軋みはうちにこもって、はっきりと聞こえた。足音を忍ばせて階段の上から様子を窺ってでもいるのだろうか、みしり、みしり、と天井は間を置いて軋んだ。

永井は何も気付かぬふうに一通りの経文を上げたあとで、河津に背を向けたまま言った。

「孝ちゃん。俺な、雨宿りで寄ったわけじゃないんだよ」

どういう意味なのだろう。生臭い説教でも始めるつもりかと思ったが、そうではなかった。永井は仏間の天井を見上げて、こわいことを言った。

「おじさんとおばさんに呼ばれたんだ。だから檀家のご供養を切り上げて、すっとんできた」

「冗談はよせよ。説教ならちゃんと聞くから」

永井はおもむろに膝を回して河津と向き合い、またひとしきり天井を見渡した。

「悪かった。実はな――」

言いわけをしようとする河津の口を封じるように、永井は数珠《じゅず》を握った拳を突き出した。しっ、と人差し指を唇にあてて、天井の一点を睨みつけた。とたんに、軋みが鳴りやむと、地団駄を踏むような物音が仏間を揺り動かした。

いったい何のつもりなのだ。

「すまない。酒が抜けてないみたいだな」

苦笑して立ち上がろうとする河津の肩を、永井は両手で押しとどめた。向き合った永井の顔は青ざめていた。

怒りのこもった足音が、また家を揺るがした。

「やっぱり、おじさんとおばさんが俺を呼んだんだ。早くきてくれって、早くこないと孝ちゃんが大変だって」

「やめてくれよ。おまえ、からかっているのか」

「そうじゃないって。ともかく、ここにいちゃだめだ。車を出してくれ。孝ちゃんに教えておかなきゃならないことがあるんだ」

抗いきれぬほどの力で、河津は仏間から引き出された。

「言いわけぐらいさせてくれ」

廊下の天井を、獣めいた重い足音が追ってきた。

「話は寺で聞く」

雨足は衰えていなかった。雷雲が頭上に居座っていた。わけもわからぬまま、河津は運転席に押しこまれた。

「何もそうまで目くじら立てることじゃないだろう」

「そのツラを見てみろ」

と、永井はバックミラーを河津の顔に向けた。エンジンをかけながら覗きこんで、河津は息をつめた。自分とは似ても似つかぬ、青白い父の死顔が映っていた。

「どうだ。ふつうじゃないだろう」

考えすぎてはならないと思う。だが、だとしても永井のこのうろたえようはどうしたことだ。

バックミラーの奥に人影が立った。藤色の着物を腰紐だけでぞろりと着た女が、荒れ庭のテラスに佇んでいた。濡れ髪に隠された顔をもたげ、「帰りたくないわ」と呟いたような気がして、河津は遁れるように車を出した。

屋敷町から少しはずれた慈光院のあたりは、いまだに頑固な地主が芝の造成をしている。

まわりに大木も甍《いらか》もないせいか、本堂に上がると雨音は遠くなった。

永井が乾いた法衣に着替えて、庫裏《くり》から戻ってきた。まず本尊に向き合って念仏を唱え、脇の畳敷に河津を呼び寄せた。真黒にくすんだ開祖の木像が座っていた。

「何だかこわいな」

「坊主の俺だってこわいよ」

車の中でも、永井は念仏を唱え続けていた。

「言いわけをさせてくれ」

「ああ。俺も聞きたい。こっちの話はそれからだ」

永井の老いた母親が茶を運んできた。まあ孝ちゃん、と呼ばれて、河津は硬いお愛想を返した。母親が立ち去るのを待って、河津はこれまでの顚末を包み隠さず語った。その一部始終を、永井は目をつむって聞いていた。

すべてを聞きおえてから、永井は茶を啜った。

「それを不謹慎だと言ってるわけじゃないんだ。いつまでも女ッ気がないより、むしろご供養になる」

「だったら、どういうことなんだよ」

「俺もうまく説明することができない。ずっと胸騒ぎがしていて、とうとう矢も楯もたまらなくなったんだ。おまえの顔をひとめ見て、びっくりした」

「ちょっと年甲斐もない真似をしただけさ」

「いや、そうじゃないと思う。俺はべつに法力だの超能力だのがあるわけじゃないんだが」

ぬかるみを捏《こ》ねるような会話が続いた。どうやら永井にも、説明をするというほどの自信はなさそうだった。

「おじさんとおばさんをお迎えする前に、変なものを呼んじまったような気がする」

「やめてくれ。坊主に言われたんじゃ、洒落にならない」

「俺だってそういうことは信じたくないさ。だから孝ちゃんに、ああせいこうせいとは言えない。いちおう、ご参考までにというところだ」

永井は立ち上がって、「ちょっと、いいかな」と河津をいざなった。

「孝ちゃんにも、おじさんやおばさんにも言ってないことがあるんだ。うちのおやじが死ぬ間際にな、言わなくてもいいことは言うなって。坊主も医者も同じだそうだ」

永井は話しながら、本堂の裏に続く位牌堂に向かった。

「先代は早すぎたな」

「若いうちの癌だから、どうしようもなかった。あのころは病人に知らせなかったものだけど、おやじは知っていたらしい」

位牌堂は縦に長い畳敷で、両側の壇にみっしりと位牌が並んでいた。弔いのときに位牌をふたつ作り、ひとつをこの堂に置いて供養を続けるのが、慈光院のならわしである。

堂のなかばの東側の壇に、まだ真新しい河津家の位牌があった。永井は立ち止まって手を合わせた。

「おやじの代までの檀家さんも、ずいぶん土地を売ってちりぢりになった。引っ越し先がわからないのは困りものだ」

小柄な永井の背中には、先代の俤《おもかげ》があった。

「まあ、なにしろ忙しいおやじだった。過労死みたいなものだけど、坊主に労災はおりないよな。民生委員、保護司、教育委員、まったく何から何まで引き受ける、ボランティアのデパートでさ」

河津はひやりと身をすくめた。永井が一歩ずつ、言わねばならぬことに踏み寄っている。それはたぶん、あの事件にまつわる秘密だ。

敷きつめられた畳の縁を踏まずに、永井の白足袋が堂の奥に向かう。つき当たりの、阿弥陀如来を納めた厨子《ずし》のかたわらに、古く大きな木牌が立てられていた。

無縁衆生という墨の痕が、かすかに読み取れた。

「聞いてくれ、孝ちゃん」

手を合わせる前に、永井は父から封印されていた秘密を語り始めた。

たしかに、坊主も医者も同じだと思うよ。何だって情報公開すればいいってものでもないさ。少なくとも知るのは権利だが、伝えるのは義務じゃない。黙っているほうがいいということは、いくらだってあるんだ。

うちのおやじは、人の嫌がる仕事を何でも引き受けた。菜ッ葉服を着て、どぶさらいをしている姿は孝ちゃんも憶えているだろう。昔このあたりは下水が悪くて、大雨が降るとしょっちゅう水が出た。役所はあてにならないってわけで、台風のシーズンになるとおやじはひとりでどぶさらいさ。ほんとは自治会がやる仕事だけど、駅のまわりや孝ちゃんの家のあたりの人たちは、汚れ仕事なんてしないんだ。だから、おやじがリヤカーにシャベルを積んで、毎日どぶさらいをしていた。おやじは愚痴を言わない。それが自分の仕事だと信じていた。役所の仕事を請け負っていると思っていた人も、いるんじゃないかな。

どぶさらいをする坊主は、町の風物みたいなものだった。いやたぶん、それが慈光院の住職だと知っている人は少なかったと思う。住宅地は寺よりずっとあとにできたものだから、実はほとんど檀家がいないんだ。

俺は宗派の大学を出て、本山の小僧に出されていたから、あのころのことは知らない。あのころ、というのは、孝ちゃんが嫌な思いをした夏のことさ。

今さら思い出したくもないだろうけど、聞いてくれるかな。俺だってできることならしゃべりたくはないんだ。

どぶさらいをしながら、おやじは孝ちゃんが女の人と歩いているところを見かけた。目立つような美人だったから、よく覚えていたそうだ。家のほうへ歩いて行ったかと思うと、じきに戻ってきて、はていったいどうしたわけだろうとおやじは思った。のちのち思えばあのときの二人の顔色はまともじゃなかったって、おやじは言ってたよ。

その何日かあとに、おやじは踏切のあたりでどぶさらいをしていた。そのうちふと、線路の向こうにいつぞやの女がひとりで立っているのに気付いた。

踏切には大勢の人がいたんだけど、止める間もなかったそうだ。電車が間近に迫ったころあいを見計らって、遮断機の下を潜ったんだからどうしようもない。ほんの一瞬、線路の上に膝を抱えて蹲った女の姿が、どうしても忘られないとおやじは言っていた。

しっかり聞いてくれよ、孝ちゃん。

事故を目の前で見たおやじは、警察に呼ばれて事情を聴かれた。かかわりあいたくないのは山々だろうけど、命の話なんだから坊主が知らん顔はできない。たぶん、何かお役に立てることはないかと、自分から出かけて行ったんだと思うが。

だがおやじは、その気の毒な女が孝ちゃんの知り合いだとは言わなかった。それはおやじの見識だ。伝えるのは義務じゃない。おやじは事故の状況だけを語った。むろん、孝ちゃんのおじさんやおばさんにも、何ひとつ言わなかった。

しばらくして、警察署長が寺にやってきた。仏さんの身許がやっとわかったというお礼から始まったが、話は厄介だった。

遺体の引き取り人がいない、というのだ。里の兄という人がいるにはいるのだが、関係ないの一点張りでとりつく島もない。その兄がいうには、仏さんは後妻の連れ子で、その後妻もとうに男を作って行方不明、仏さんも中学を出たきり家出したままなんだそうだ。

事情はわからんでもないが、とりあえずおやじはその里の兄とやらに電話を入れて、説得をした。すると、答えはこうだ。坊さんが事故に立ち会ったのはきっと仏縁だから、ひとつよしなに、だと。血縁がないよりも仏縁のあるほうが、道理にかなっていやしませんか、だとさ。

古い寺だから、たしかにこの通り無縁の仏さんはご供養している。大昔は街道の行き倒れ、近くは身許のわからなかった空襲の犠牲者だ。だが、まさか電車に飛びこんだ無縁という例はなかった。

それでもおやじは、署長の頼みを受け入れた。仏さんの死体検案書を見せられて、心を動かされたんだ。

何も言わなくていいよ、孝ちゃん。俺は責めているわけじゃない。ただな、俺に伝える義務はないけど、孝ちゃんには知る義務があると思うんだ。こればかりは、権利じゃなくって義務だろ。

仏さんのおなかには、赤ん坊がいた。検案書のその一行を目にしたとき、これはご供養をさせてもらわなけりゃ、とおやじは思ったそうだ。

どぶさらい。だが、汚い仕事じゃない。世の中を清めることが宗教なんだ。人間は清らかなものをどんどん汚してしまうから、坊主が掃除をする。おやじはそう言っていた。

おやじは警察から、壊れた亡骸を引き取って、焼場に行って、ひとりでご供養をした。

お骨は墓地の隅の、無縁墓に納めてある。

おやじの具合が悪くなったのはそれからじきだったけど、まさか祟《たた》られたはずはないよな。つまり、そういう仕事ぶりが体に祟ったんだ。

もういけないというときに、おやじは本山から戻った俺を呼んで、この話をしたのさ。けっして、孝ちゃんや河津のおじさんやおばさんには言うなよって、釘を刺された。

伜の口から言うのも何だが、おやじは偉かった。話はそれだけじゃなかったんだ。いずれ河津さんのお宅にご不幸があったら、うちの檀家になってもらえと、おやじは言った。そしてできることなら、あの気の毒な母と子のお骨を、河津さんのお墓に入れてやってくれ、って。

この町もすっかり良くなって、もうどぶさらいをする必要もなくなった。でも、俺はおやじの魂を引き継ぐ、この寺の住職なんだ。掃除は続けなけりゃならない。

ほんとのことを言うとな、俺は霊魂なんて信じちゃいないんだ。魂は人の心に宿るものので、ふらふら出歩いたりするはずはない。

だからたぶん、孝ちゃんの家の二階にいる女は、ちょっと変わった銀座のママだと思うよ。自信はないけど、そういうことにしておこう。

それも何だかこわいな。せいぜい気を付けてくれよ。生きてる人間のことは、よくわからないんだ。

幽霊か銀座のママか、まあこの際どっちだっていいや。ともかく俺は、おやじがやりかけた仕事を終わらせた。そう思えば、幽霊でも人間でもありがたいことに変わりはない。

どうしようって、そんなことは自分で考えろよ。

とりあえず、盆が明けたら無縁の仏さんはそっちのお墓にお納めしよう。

いいだろ、それで。

慈光院を出ると、黒雲は東の空に押しやられて、目覚めたような青空が拡がっていた。

夏の陽は西の山なみに傾きかけて、朱と青の織りなす色が瞳にしみた。

フロントガラスに、厚く重い葉を繁らせた桜並木が翻る。車が家に近付くほど、そこに待ち受ける未知の現実について、河津は考えねばならなかった。

招かれざる盆の客人《まろうど》が、はたして死者であるのか生身の女であるのか、あるいは死霊にとり憑《つ》かれた生者であるのか、いずれにせよ蛮勇をふるって確かめねばなるまい。

ガレージに車を入れる。向かいの老婦人がほほえみかけてきた。

「いい按配に、これなら何とか送り火も焚けるわねえ」

忘れずに火を焚け、と言っているのである。河津は生返事をした。

「お庭もきれいになって、ようございますねえ」

日ごろ見なれぬ微笑には意味があるらしかった。振り返ればなるほど、芝生に生い立っていた雑草が抜かれて、庭はこざっぱりとしていた。

乗り捨てたままの永井のバイクをガレージに入れ、躑躅の植え込みに沿って玄関に向かう。家は静まり返っていた。

「ただいま」

父母に死なれて以来、絶えて口にしなかった言葉である。

ドアを閉め、ほの暗い玄関にしばらく佇んで、河津は答えを待った。

「おかえりなさい」

どこからともなく、くぐもった声が返ってきた。

「私、帰りたくないの」

広い座敷のあちこちからとよもす声の、正体が誰であろうと、河津は逃げる気になれなかった。

遠別離

どうにもこの風邪《かざ》っぴきがいけない。

衛兵所には素焼きの七輪がいくつもあって、どれにも山盛りの炭があかあかと熾《お》きているのだが、かじかんだ掌を干物のように焙《あぶ》るばかりだ。

「こう上番《じょうばん》も下番《かばん》もねえんじゃ、戦地のほうがよっぽどましだぜ」

やはり風邪っぴきなのだろう、憔悴しきった青黒い顔の上等兵が、たくましい体を瘧《おこり》のように震わせながらぼやいた。

「そんなことを言うもんじゃありませんよ。比島で苦戦している部隊のことを考えたら、衛兵勤務なんてのはあなた――」

ていねいな口調で戒めたのは年かさの補充兵だろうか。階級は同じ上等兵なのだが、たがいはよく知らぬと見えて、そのさきは言葉がつながらなかった。兵隊の上下は星の数より飯盒《めんこ》の数で、つまりどれくらい軍隊の物相飯《もっそうめし》を食ったかによって決まる。ぼやいた上等兵は年のころからすると、現役の二年兵か三年兵なのだろうが、一方の戒めた兵は何度も召集を受けているだろうから、どちらが上かはわからなかった。

上下がわからぬときは黙るのが軍隊の不文律である。老頭児《ロートル》の補充兵をなめてかかると、あとから同年兵の下士官が肩を聳《そび》やかしてやってきて、俺の戦友をかわいがってくれたそうだな、などと凄《すご》まれることもある。だからたがいに知らぬ顔ばかりの留守部隊では、物相飯の数がわかるまではめったな口をきけなかった。

「自分は、どうも悪い風邪をひいちまったみたいで、寒気がしてかないません」

矢野は二人の上等兵の気まずい沈黙に割って入った。こういうとき、この下はない二等兵は気が楽だ。

「ああ、それは俺も同じだ。どうもただの風邪じゃあないね。あなたは」

と、年かさの上等兵はうまい話題にありついたとばかりに、掌を七輪にかざしたまま現役兵を見上げた。あなた、という娑婆《しゃば》ッ気《け》のある呼びかけは、むしろ彼の長い軍歴をおのずと語っているようにも思えた。

「言われてみれば俺も同じだな。何だかこう、体の芯が冷えきっちまっていて、仮眠をとる気にもなれん」

狭い衛兵所の中で、ずっとごつごつしているこの二人の上等兵の序列を決めるのは今しかないと、矢野二等兵は思った。それで、まず自分の身上をさりげなく語った。

「自分は、家がすぐそこでして、歩って入営しました。役立たずの丙種合格であります」

ほう、と若い現役兵が矢野の肩を摑んだ。

「とうてい丙種とは見えんぞ。いい体をしている」

と言いかけて、矢野は眼鏡をかけていない自分に気付いた。今さら気付いたというのも妙である。軍服のあちこちを探り、先ほどまで横たわっていた仮眠所の寝台も手探りしたが、どこにも見当たらなかった。

「目が弱いもんで」

外は漆黒の闇を冬の濃霧が上塗っている。衛兵所の灯もほの暗かった。つまり眼鏡をかけていようがいまいがさほど変わらぬので、どこかにはずして置いたまま忘れていたらしい。

「眼鏡をなくしちまったか。そいつは大ごとだ」

と、二人の上等兵も捜索に手を貸してくれた。

「間抜けなやつだなあ。もっとも、俺だって新兵のころは、殴られて割ったらたまらないからずっとはずしていたもんだがね」

老頭児の補充兵はさほど度の強くない眼鏡をかけている。話の端緒がうまく見つかって、矢野は訊ねた。

「上等兵殿は、いつのご入営でありますか」

「ああ、十三年の現役で、すぐ北支に出征した。渋谷の道玄坂で親の代から乾物屋をやっているんだがね、ここ八年のうち足かけ六年は軍隊だから、どっちが本職かわからん」

矢野の思惑通りに、これで衛兵所の序列は明らかになった。現役の上等兵は物探しの手を止めると、気を付けをして素直に詫びた。

「ご無礼をいたしました。悪くありました。三中隊の坂垣上等兵であります」

この八年のうち六年が軍隊でも、やはり補充兵は娑婆の風に吹かれている。物言いも物腰もどこかのどかだった。

「いいよ、何もそうまでしゃっちょこばらなくたって。一中隊の谷山です。いやなに、同年兵はみんなレイテで苦労をしているから、気に病んでいるんだ。そんなことより、矢野二等兵の眼鏡を探してやろう。おい、厠《かわや》じゃないのか」

そうかもしれないと矢野は思った。厠は衛兵所の外にあって、何度も通っていた。小便の様子がおかしいのは熱のせいだろう。厠で唸ってもちょろりとしか出ず、衛兵所に戻ってくればじきに尿意を催す。それでもいちいち、「矢野二等兵、厠へ行って参ります」「矢野二等兵、厠へ行って参りました」と報告するのは軍隊の躾《しつ》けだった。

「矢野二等兵、眼鏡を探しに厠へ行って参ります。ご面倒をおかけします」

谷山も坂垣も、そうまで二等兵の世話はできぬとばかりに、七輪を囲んで白湯《さゆ》を飲み始めた。星章の入った官品の湯呑をつまんで、まるで熱燗でも酌《く》むように白湯を勧め合っていた。

急にうちとけた二人の会話が、立ちこめる冬の霧の中でくぐもって聞こえてきた。矢野は衛兵所の脇に立ち止まって、二人の声に耳を澄ませた。何も盗み聞きをするつもりはない。見知らぬ上等兵たちの身上を少しでも知っておかなければ、何か粗相をして殴られるのではないかと思うからだ。

それまでほとんど言葉をかわさずにたがいの顔色を窺っていた二人は、序列が明らかになったことで対話を解禁したのだった。相手に対する言葉づかいや態度がわかるまではめったに口もきけぬという、軍隊とはまったくおかしなところである。

「谷山上等兵殿も風邪をひかれましたか」

「ああ、どうもこれはただの風邪ではないな。たちの悪い流感というやつじゃないのか。貴様はどうだ」

「自分もいけません。さっきまではひどい熱で、頭がぼうっとしていたのですが、今はもう寒くて寒くて」

「衛兵が揃って熱発《ねつぱつ》就寝というわけにもいかんしなあ。平時の部隊なら医務室に入室か、うまくすれば病院送りだ。まあ、それでも戦友たちは外地の前線で死ぬか生きるかなんだから、文句は言えんよ。うう、さぶ」

「それにしても、衛兵の交替がこないというのは尋常を欠いています。しかも上番中の衛兵は各中隊からの寄せ集めで。こんなことが、あってよろしいのですか」

「文句は言うなって。何があったところで戦地よりはましだよ。ところで坂垣、とか言ったな。貴様はどう見てもバリバリの現役だが、どうして留守部隊に残留しているんだ」

「それが――実は自分でもよくわからないのであります」

「出身はどこだ」

「小石川であります。地方では旋盤を回しておりました」

矢野二等兵はそっと衛兵所の壁を離れた。これで二人の上等兵の身上がいくらかはわかった。力ない声音《こわね》から察するに、体の具合も悪いうえにひどく疲れている。交替のこない衛兵勤務という不測の事態にも、相当の不満を抱いているようだった。

谷山上等兵は昭和十三年の現役入隊だから、単純に計算すれば二十七歳ということになる。すぐに支那事変に出征して、いったん除隊してから再び応召されたらしい。

坂垣上等兵は十七年か十八年の入営で、俗にいうバリバリの現役だ。齢も二十二か三ということになる。体格も立派で、いかにも一選抜の上等兵という感じの彼が、留守部隊に残っているというのはどうしたことだろう。自分でもよくわからないと言っていたから、格別の特業《とくぎょう》を持っているだの、新兵の教育要員だの、そういうものでもないらしい。もっとも、留守部隊とはいえいずれ正規の歩兵聯隊《れんたい》を編制して戦地に出るのだろうから、彼のような兵隊もいくらかは残しておかねばならないのだろう。

厠は衛兵所の裏の塀沿いにある。押せば倒れそうな古い木造で、建軍以来とは言わぬまでも、おそらく日露戦役の出征ぐらいは覚えているはずだ。

この厠にまでは汲取りもめったにこないのか、ひどい臭いだった。営門の面会所にも厠はあるのだが、そこは面会にきた家族の専用ということで兵隊が使ってはならなかった。兵隊と地方人とは糞小便まで別なのかと思えば情けない気もした。

厠の中は真暗だった。まず水道の周りを手探りし、床に落ちていやしないかと這いつくばった。やはり厠で眼鏡をはずすわけはない。そうこうするうちにまた尿意が兆したので、息の詰まるような臭気の立ち昇る溝に向き合った。

小便が出る気配はない。しばらくふんばっているうちに、ひとりぽっちの闇がさまざまの妄想を膨らませた。

赤坂檜町《ひのきちょう》の歩兵第一聯隊は、帝国陸軍の栄誉ある頭号《とうごう》聯隊である。むろん、五百もあるという歩兵聯隊の中で最も古い。何しろ軍旗親授は明治七年の話で、西南戦争にも日清戦争にも出征し、日露戦争では二百三高地で戦ったという。古いばかりではなく、明治の建軍以来、戦《いくさ》という戦にすべて参加したというのが何よりも聯隊の矜《ほこ》りなのだが、ついでに二・二六にまで参加したのはいただけない。

営門を出て五十歩も歩けば六本木の交叉点なのである。生粋《きっすい》の江戸ッ子部隊といえばこの一聯隊と青山の三聯隊だが、三聯隊は徴集区があらまし下町なので、一聯隊の兵隊は何となく彼らに対しては、侍が町人を見くだすような優越感を抱いていた。

一聯隊が満州に移駐となったのは、二・二六の罰だという。戦がたけなわになると、赤坂檜町の留守部隊は次々と新しい歩兵聯隊を産み出しては戦地に送った。何しろ一聯隊と三聯隊は東京都と埼玉県の大人口を擁しているので、補充兵はいくらでもいる。

もともとの親部隊ともいえる歩兵第一聯隊は、ヒリッピンのレイテ島というところにいるらしい。山下兵団の主力部隊として、米軍と激戦中である。

小便がすっかり詰まってしまって、矢野二等兵は褌《ふんどし》の中を揉みしだきながら泣きたい気持ちになった。

まったくたちの悪い風邪だ。べつだん痛くも痒くもないのだけれど、出そうで出ない小便の毒が体じゅうを駆けめぐっている。頭がぼんやりとしているのも、寒くて仕様がないのもその毒のせいだと思う。

こんな体でいつ下番できるかもわからぬ衛兵勤務についていたのでは、肺炎でも起こして死ぬかもしれない。眼鏡をなくせば何もできない丙種合格が、とうとう軍隊に引っぱられて、あげくのはては戦もせずに流感で頓死か。

矢野はふと、たまらなく女房に会いたくなった。家は営門まで歩いてやってきたくらい近いのに、面会は許されていない。営内では新しい部隊をいくつも編制中なので、軍機保持上、地方人の出入りは一切まかりならんそうだ。そのうえ二等兵には外出も許されなかった。

「よりこォー、俺、しょんべんが出ねえよー。死んじまうかもしらねえぞー」

小便のかわりに情けない声をあげると、いくらか体が軽くなったような気がした。

頼子は霊南坂の禅寺の娘で、矢野が日大三中の不良学生だったころに付け文をした。初めは梨のつぶてであったものが、持ち前の粘り腰で付きまとううち、ついに陥落した。ところが墓場で逢引きをしている現場を、住職に押さえられて大騒動となった。何しろ頼子の父親である住職は、越前の永平寺で修行していたころに鬼軍曹という渾名《あだな》の付いた大兵であったから、たちまち矢野の襟首をひっつかんで飯倉の家に乗りこんだ。

矢野の父親も負けなかった。こちらはノモンハンで名誉の負傷をし、金鵄勲章《きんしくんしょう》をいただいて除隊した本物の鬼軍曹であった。恩給を元手にして食うだけでもかつかつの煙草屋《たばこや》を営んでいるけれども、不出来な一人息子を目に入れても痛くないほど可愛がっていた。

不穏な怒鳴り合いを聞きつけて、向かいの石工《いしく》の棟梁がやってきた。これが敵性語で言うところのキューピッドだった。矢野の父親とは幼なじみで小学校も同級、徴兵年次もむろん同じで一聯隊ではともに二等兵からの叩き上げ、しかも都合の良いことには、住職の寺に出入りする石工だったのだ。

この穏当で誠実な、町内会の世話人も組合の役員も務めているという棟梁の仲裁によって、あわやの乱闘は回避されたばかりか突然酒盛りとなった。

おたげえの一人息子と一人娘が、あろうことか乳くり合っていたのは、この俺が丹精こめた墓石の上だ、物は言わさしてもれえやすよ――というのが、たいそう強引な仲裁人の理屈だった。

いずれにせえ、いかに惚れ合った仲たァいえ、中学生と女学校じゃあうまくありやせん。そうだね、あと三年ばかしは清い交際とやらをして、まあ、許婚《いいなずけ》ということでようござんしょう。で、二十歳どうしでめでたく祝言《しゅうげん》を挙げるてえのはどうですかね。

惚れた待ったはじきにガキもできまさあ。長男坊は寺に戻して住職のあとを取らせ、残りはこっちのもんということで、どうか了簡なさいまし。

石工の棟梁はほどなく脳溢血《のういっけつ》でくたばったが、あんがい律儀者の煙草屋と坊主は、その遺志を全うしてくれたのだった。

二人は二十歳で結婚をし、惚れた待ったのわりにはじきではなかったけれど、二年目にめでたく子ができた。しかし、そのとたんに思いもよらぬ赤紙が舞いこんだ。

付属中学から大学に進学しなかったのは、夫となり父となるためだった。中学を出れば立派な学歴で、虎ノ門の紙材問屋に就職することもできた。

徴兵検査は強度の近視のせいで丙種合格となっていたから、現役入隊はありえず、まず応召もあるまいと高を括《くく》っていた。そこに突然赤紙が届けられて、親子三代の原隊である赤坂歩兵一聯隊に入営の運びとなった。

頼子は目立ち始めた腹をかばいながら、矢野を送り出してくれた。親父も坊主も家にいろと言ったのだが、頼子は出征の勇ましい幟旗《のぼりばた》と一緒に歩き出したのだった。

ところが、六本木の交叉点まできて頼子は地蔵のように立ちすくんでしまった。雨上がりの十字路を、市電の青い火花が染めていた。どうかしたかと訊くと、どうもしないけどあなたが営門に消える姿を見たくない、と頼子は言った。昔みたいに、この十文字で送らせてよ、と。

「――ふうん。泣かせるじゃねえか。いい女房だなあ」

矢野は我に返って、褌を握りしめたまま気を付けをした。こともあろうに、闇の中で連れ小便をしているのは衛兵司令の西軍曹である。

「矢野二等兵、悪くありました」

「べつに悪かねえよ。新兵の浪花節を聞くのも楽しみのうちだ」

西軍曹も風邪っぴきらしい。ほんのちょろりと音がしたまま沈黙してしまった銃口を、怨めしげに見おろしている。
「あの、自分は何かしゃべっていたのでありますか」
「洗いざらい聞いちまったよ。で、何だ、昔みてえにこの十文字で送らせて、とかいう
そのセリフをもう少し説明しろや。泣けるぜ」
「はっ、矢野二等兵、説明をさせていただきます。自分と女房は逢引きのあと、いつも
六本木の十字路で別れたのであります。せめてそのころのような気分で亭主を送り出し
たいと——」
小便をひり出そうとする唸り声が、太い溜息に変わったかと思う間に、西軍曹は軍服
の袖を瞼に当てて泣き始めた。剽軽者《ひょうきんもの》の軍曹のことだから、てっきり嘘泣きかと思っ
たがそうではなかった。要するに洒落を飛ばして笑うか、理由もなく兵隊を殴るか、さ
もなくば涙を流して泣いてでもいなければ生きて行けぬ、ひどく感情的な人なのだろう。
ひとしきり泣きおえると、西軍曹は満面の鍾馗髯《しょうきひげ》を片手でわさわさとこすり立てて、
知らん顔になった。いざというときは頼りがいのある上官だが、気性はたいそう難しい。
長い軍隊生活がみごとに彫り上げた、戦技抜群性格破綻の、典型的な下士官である。
「小便の続きをしろ」
「はっ、矢野二等兵、西軍曹殿と連れ小便をさせていただきます」
「出ねえな。悪い風邪だ」

「はっ、自分も同じであります」

ふたたび軍袴《ぐんこ》の前を開いて、矢野二等兵は溝に向き合った。歴戦の下士官の鋼のような体は、闇の中でも威圧感を放っている。将校とはちがう基準の貫禄である。簡単に言えば、将校は尊い人だが下士官は偉い人だった。

「話の続きをしろ。小便は出ねえが声は出るだろう」

「話は自分の入営でしまいであります。続きは軍曹殿もご存じの通りで」

「そうじゃあなくって、貴様の女房のことを聞かせろ。いい女だろう」

「はっ、自分で言うのも何でありますが、別嬪《べっぴん》であります。結婚前にこの界隈では、お寺小町と呼ばれておりました」

「女優でいうなら誰だ。田中絹代か」

「いいえ。もっとこう、つぶらな感じであります。あえて言うなら、高峰秀子かと」

「おお、デコちゃんねえ。俺の好みだ。で、貴様が孕《はら》ませたそのデコちゃんは、無事に寺の跡取りを産んだのか」

そのことを考えようとしたとたんに、夜霧がさあと音を立てて耳の穴に流れこんだ。頭の中が真白な闇に返った。

「どうした」

「そのことはずっと考えぬようにしているのであります。考えても詮ないことでありますし、また考えようがありません」

依然として無駄な唸り声を上げながら、西軍曹は、「すまん。つまらぬことを訊いた」と言った。

「女房の話をせい。それなら懐しかろう」

「はっ。六本木の十字路で女房が足を止めてしまったとき、自分は少し嫌な気がしたのであります」

「何だ、それァ」

「女房には仏様が憑《つ》いているのであります」

「はあ、わからねえ。わかるように言ってくれ」

「つまりその、禅寺に生まれ育って、子供の時分から座禅なんぞ組まされていたせいか、人の生き死にを言い当てたり、明日の話をしたりするのであります。そういう特別の能力を持った女房が、六本木の十字路で立ちすくんじまったのでありますから、あんまりいい気持ちはしません」

「へえ。美人のうえに神憑《かみがか》りかよ」

「仏憑りであります」

「どっちでもいいや。いよいよ謎めいていい女に思えてきた。そうかよ、お寺小町ねえ」

「いちど西軍曹殿に紹介させていただきたくあります。家は歩いてすぐそこでありますし、料理も名人であります」

軍曹は矢野を横目で睨みつけ、ふんと鼻で嗤《わら》った。話しながら思いついた目論見《もくろみ》は、どうやら無理らしい。

「俺と一緒に外出しようって魂胆か。まあ、気持ちはわからんでもない。何とかしてやりてえところだが、留守一聯隊は今や非常時中の非常時だ。へたをすりゃ、このまんま編制完結して戦地に押し出されるまで禁足だぞ。よく考えてもみろ、部隊はレイテのジャングルで食うや食わずの奮戦中だってのに、面会も外出もあるもんかよ」

ひとしきり身を震わせると、西軍曹は軍袴の前を斉《ととの》え、略刀帯をきりきりと締め直した。古い兵隊というのは、こうした挙措動作の逐一までが垢抜けている。

「行くぞ。歩哨の交替だ」

このごろでは下士官も吊っている軍刀を鳴らして、西軍曹は厠を出た。

寒い。戦果のない長小便でいよいよ体が冷えてしまった。おまけに眼鏡も見つからなかった。このまま歩哨に立たされるのかと思うと、肺炎で頓死という予測が、ぐいと現実味を帯びた。

霧はいよいよ深くたちこめていた。灯火管制下にもかかわらず、営舎の方角が白い光に染まっている。夜を徹しての編制業務に追われているのだろうか。

「まったく、たるんどる。もうどうにでもなれかよ」

軍曹は夜道を歩きながら、吐き棄てるように言った。営内がひどく散らかっているのである。軍隊というところはどこでも、それこそ舐めてもいいくらいに掃き清められているはずなのに、白い光に浮かび上がる足元には、やたらと石くれや紙屑が散乱していた。

西軍曹は怒りをぶつけるように、軍靴の爪先で石を蹴飛ばした。

「支那一国ならまだしも、世界を相手に戦をしてだな、うまい具合に行くとでも思ってやがるのか。衛兵の交替もこねえ、営内はこんな工事現場みてえな有様で、おまけに兵隊はどいつもこいつも風邪っぴきだとよ。おい矢野。もう少し辛抱せえ。下番したら中隊長室に怒鳴りこんで、営倉覚悟の意見具申をしてやる」

この軍曹にはずいぶん殴られもしたが、やはり一等頼みになると矢野は思った。いつか前線に出ても、きっとこの人の部下であるなら死なずにすむ。

砂まじりの霧が頭上から巻き落ちてきて、矢野二等兵は不自由な目を掌でかばった。

「貴様、中学を出てたな。幹候は受けんのか」

頭が働かない。自分の身の回りに起きた出来事の記憶は、まるで散らかったカルタのように取りまとめようがなかった。

「そうせよと、中隊長殿からも准尉殿からもきつく言われておりますが、自分はどうも」

「やめとけ」

と、西軍曹は意外なことを言った。

「このさき比島の増派に投入されても、兵隊なら死なずにすむかもしれんが、将校はだめだぞ。どうせ死ぬなら将校で、などと考えるなよ。女房子供にもういっぺん会いたかったら、兵隊でいるほうがいい。身の上話を聞いたからには、俺が貴様を守ってやる。将校になられちまったら、それもできん」

じんわりと瞼が潤んだのは、土埃《つちぼこり》のせいではなかった。


衛兵所では相変わらず二人の上等兵が、ぼんやりと七輪の火に当たっていた。谷山は椅子に腰を下ろし、坂垣は背を向けて後ろ手を焙っていた。何を語らうでもなく、時おり二人が示し合わせたように戸外の霧に目を向けて、何やら考えるふうをした。

「矢野二等兵、上番します」

報告をしても、二人の上等兵は軽く肯《うなず》いただけだった。

銃架から歩兵銃を執って着剣する。略帽の庇《ひさし》をうしろに回して鉄帽を冠《かぶ》った。

真夜中の衛兵は、昼間のように威儀を正して営門に立つ必要はない。つまりその存在意義は、昼が見せもので夜は警戒であると言えた。

衛兵交替には誰が立ち会ってくれるのだろう。二人の上等兵は知らん顔だし、西軍曹はどこかに行ってしまった。それでも交替せよと命じられたからにはただちに上番せねばと思い、矢野は右左もわからぬくらい濃密になった霧の中を見当つけて、営門に向かった。

「誰《たれ》か！」

規則通りの誰何《すいか》がかかった。矢野は立ち止まって名乗った。

「衛兵交替。矢野二等兵、上番します」

「ああ、やっと来てくれたか。ひどい霧で何も見えねえ」

現役入営まで八王子の百姓だった原島二等兵は、間延びした多摩弁が直らぬ声だけでそうとわかった。背は小さいが筋骨たくましく、五十五キロの重機関銃を脚《きゃく》もろとも軽々と担ぐ怪力の持ち主である。

立会《りっかい》する上官がいなくても、申し送りはきちんとしなければならない。二人は営門のきわの定位置で正対した。

「服務中異状なし。じゃねえんだ、申し送り事項あり。さっきから通りの向こうに妙な婆様がいてよ。たぶん孫か倅《せがれ》を兵隊に取られて、頭がどうかなっちまったんだと思うんだけんど」

鋼鉄の営門は広い電車道に面している。風が渡ってつかのま霧が薙《な》がれると、たしかに通りの向こう岸に腰の曲がった老婆がぽつねんと立っていた。

「見たか、矢野」

「ああ、見た見た。気持ち悪いぜ、花束なんか持ちやがって」

「だからよ、孫か倅が戦死したんじゃあねえんかな」

「だったらまだしもだが、もしかしたら死神じゃねえのか」

むろん冗談で言ったのだが、原島二等兵は何もそこまでというほど驚いて、ええっと叫んだなり装具を御輿《みこし》のように鳴らした。

「だったら俺もおめえも、近いうちに外地に出て名誉の戦死か。つるかめ、つるかめ」

「ともかく申し受けた。上番します」

「申し送りをおえ、下番します」

二人は同時に銃礼をかわして、立ち位置を入れ替えた。

「おい、原島」

去りかける原島の背中がひどく疲れて見えた。

「おまえ、体の具合はどうだ」

「どうもこうも、すっかり風邪をひいちまったらしくてよお」

「たちの悪い流感らしいぞ。俺も同じだが、軍曹殿も上等兵殿も、みんなやられちまってる。なるたけ仮眠をとれ」

「了解。うう、さぶ。寒いはずだぜ、このなりじゃあ」

原島二等兵は軍服の胸をぽんと叩き、お道化た回れ右をして霧の中に消えた。

そのときふと、矢野は妙なことに気付いた。今さら気付いたことが妙、と言ったほうがいい。着用している軍服が木綿の夏衣なのである。たしかにこのなりでは寒いはずだった。

軍服は冬衣が羅紗《ラシヤ》、夏衣が木綿と決まっているが、実は矢野たちが支給されたものは冬衣も中綿入り木綿の代用服だった。つまり上等な羅紗の軍服を知らないから、自分がこの季節に夏衣を着用していたことに気付かなかったのだ。

いよいよ頭が働かなくなった。脳味噌が熱と洟水とで、ぶよぶよになっちまった。衛兵勤務につくときには、厳重な服装点検があるのだから、こんなまちがいをするはずはなかった。ではなぜ夏衣を着ているのだろうかと考えても、答えは見つからなかった。

矢野二等兵は改めて軍服のあちこちを触った。やはりどこにも中綿など入っていない。ぺらぺらの夏衣である。何よりの証拠には、腋《わき》の下に通気孔があいていた。

寒いはずだぜ、このなりじゃあ、と原島も言った。では、上等兵たちや西軍曹はどうであったかを考え直してみれば、やはり夏衣を着て寒い寒いと震えていたような気もする。

「あ、帽垂《ぼうた》れ」

と、矢野は思わず声に出した。上官たちが夏衣を着ていたかどうかはわからないが、厠から出たとき、西軍曹の戦闘帽のうなじに日除けの帽垂れが付いていたことを思い出したのだった。

そのとき妙に思わなかったのは、自分がよほどぼんやりしていたからなのだろう。帽垂れは南方の戦地で襟首を日灼けから守るために装着する布だが、内地でそんなものを付けている兵隊はいない。ましてやこの季節の、軍隊の顔というべき衛兵が、まさか帽垂れでもなかろう。

頭が働かぬ分だけ、謎は恐怖感を伴った。じっとしていることができずに、矢野は剣付銃を脇に挟んで営門の中を歩き始めた。

鋼鉄の門扉が鉄格子に思えてきた。兵営では何が起きようと、外に洩れることがないのだ。世間の理不尽も理であり、非常識も常識だった。

衛兵が夏衣を着て上番している理不尽と非常識について、矢野は懸命に考え、そしてひとつの怖ろしい結論を導き出した。

新しい聯隊の編制が完結したのだ。歩兵第一聯隊の留守部隊を基幹とした一個聯隊が、ひそかに出征する。行先は南方だ。マリアナかニューギニアかソロモン諸島か、いややはり、本隊の援軍としてレイテ島に向かうのだろう。そう先の話ではない。明日かもしれない。だから衛兵勤務者といえどもすでに、夏衣や帽垂れを支給されているのだ。

矢野は霧の中に目を凝らして、障子ごしの雪景色のように白く柔かく夜空を被う、兵営の光を見上げた。

きっと明日だ。夜が明ければ兵隊はひとり残らず営門を出て、新橋駅まで行軍し、宇《う》品《じな》港行きの汽車に詰めこまれる。衛兵勤務の交替がこないことも、灯火管制もおかまいなしに兵営が耿々《こうこう》と灯をともしていることも、すべて説明がついてしまった。

戦地に向かう兵隊を、前夜まで衛兵勤務につけるなんてひどすぎる。このまま下番と同時に出征では、新橋駅に着くまでにみんなぶっ倒れると思う。

いくら理不尽で非常識な軍隊でも、いくら戦局が急迫していても、やはりそれはなかろうと、矢野は気を取り直した。熱と疲労とたちこめる霧と眼鏡を失ったおぼろな視界のせいで、自分はきっと頭がどうかなってしまっているのだろう。

定位置のほのかな灯火の輪の中に入って、矢野は銃に目を近付けた。かじかんだ手で握りしめている銃把《じゅうは》の感触が、いつもとちがうような気がしたのだった。

亜麻仁油《アマニゆ》の臭いが鼻をついた。床尾《しょうび》も銃身も、白い晒木綿《さらしもめん》で巻かれていた。ということは、日ごろ使い慣れた演習銃ではなく、戦闘用の真銃だ。あわてて立て銃《つつ》をし、帯革《たいかく》の装具を改めた。弾薬盒《ごう》が四つ。しかも小銃弾がぎっしりと詰まっている。赤銅《あかがね》の被甲《ひこう》がぴかぴかに磨き上げられた実包《じっぽう》だ。

落ちつけ、と矢野はみずからを励ました。よおく考えろ。部隊行動は秘中の秘であるとしても、戦地に到着する前に実弾を支給するはずはない。たしかにこの銃は真銃だし、銃剣には刃入れもしてある。軍服は木綿の夏服だ。だがこれだけの準備をする間には、まず兵営内にさまざまの噂が飛びかうはずだろう。そんな話は何も聞いていない。

激しく震え始めた体が、矢野の口から白い息を絞り出した。

わかった。自分たちが一足先に野戦の装具を支給されて、衛兵勤務についたのだ。営内はその後、てんやわんやの大騒ぎになったのだろうが、衛兵たちは知るよしもない。坂垣上等兵と谷山上等兵は考えこんでいたのだろう。もしかしたら西軍曹は知っているのかもしれない。知っていても口に出せぬ苛立ちが、やさしい思いやりに変わったのではなかろうか。そして、戦闘帽のうなじにこれ見よがしの帽垂れなど付けて、かくかくしかじかわかってくれと言ったつもりなのだ。

心臓が耳の奥で轟き始めた。悪寒のかわりに熱が頭に昇って、体中から冷や汗が噴き出てきた。

宇品港に着くまでには、列車が艦載機の攻撃を受けることもあるだろう。ただちに下車して散開し対空反撃をする。そのために出発前から実包を配られているのではなかろうか。

無事に宇品港に着いたとしても、輸送船が敵潜水艦の遊弋《ゆうよく》する東支那海を突破して、レイテ島にたどり着く保証はない。仮に上陸できたところで、待ち構えているのは重砲や戦車をずらりと並べた米軍だ。

これでは万にひとつも生きて帰れまい、と矢野二等兵は思った。つまり、特攻だ。だからこそ聯隊は、秘匿の上に秘匿を重ねて動員作業を進めてきたのだ。

矢野二等兵は死を確信した。生きてふたたび頼子に会えることはないのだと思うと、営門の鉄格子を乗り越えて家まで駆け戻りたくなった。

やっぱりあいつには、仏様が憑いていた。入営の日に、六本木の十字路で地蔵のように立ちすくんでしまったのは、仏様の声を聞いたからなのだ。亭主は戦死するよ、と。

矢野二等兵は鋼鉄の門扉を握りしめて、圧し殺した声を絞った。

「よりこォー。俺、死んじまうぜ。風邪っぴきだし、運もそう強いほうじゃねえし、おまけに金鎚だ。眼鏡だってどこかになくしちまった。もうだめだ。万が一にも助からねえよ。よりこォー、ごめんなー」

溢れる涙がいよいよ視界を曇らせた。

三千人の男たちがこれからむざむざ殺されるというのに、どうしてこの電車通りには知らん顔のやつらがへらへら笑いながら歩いているのだろう。

霧のすきまに死神の姿が見えた。黒い外套を着て、襟巻で頭をすっぽりと被い、前のめりに曲がった体の胸前に百合の花束を抱いた老婆だ。

「シッ、シッ。あっち行け」

死神は立ち去ってはくれなかった。

＊

一浪はともかく、二浪をしたらまるでやる気がなくなった。

俺的にはそこそこ頑張ったつもりだったのだが、センター試験の当日にインフルエンザの真只中っていうのは運がない。

バイトがばれて、おふくろは怒り狂った。お小遣がいるんならそう言いなさい。なによ、こそこそアルバイトなんかして。なに考えてんのよ。

おやじは怒らなかったけど、見限られたのかもしれない。おふくろが泣いて訴えているのに、ボーナスをつぎこんだ大型液晶テレビをビール片手に観ながら、他人事《ひとごと》みたいに言った。

大学に行くばかりが人生じゃなかろう。どうせ予備校にだって通わずに、ゲーセンかマンガ喫茶で一年を潰したんだろうから、働く気になっただけでもマシってもんさ。ま、勝手にしろ。もうおまえには何の期待もしないが、迷惑だけはかけるなよ。

期待だの迷惑だの、それってまるきり親の言い分じゃねえの。勝手に産んで勝手に育てて勝手な期待をして、こっちがちょっとまちがったら迷惑だけはかけるななんて、それこそ勝手じゃねえのかよ。

しかも、稼ぎがあるんなら食費を家に入れろ、だと。はいはい、毎月一万円な。それぐらいの日当は貰ってるから、お安いご用さ。

バイトだってかれこれ半年も休まず続けてるんだから、ニートなんかじゃねえぞ。あの気難しい班長だって、マジな顔して言ってた。

タイキ。うちの会社はゼネコンの下請け専門のガードマンだけどな、正社員はかれこれ千人近くもいるんだから、業界じゃちょっとした大手なんだぞ。きょうびそこいらの大学を出たからって、社員千人の上場企業になんか就職できねえだろ。建築現場の誘導係だって、二年もきっちり勤め上げりゃ正社員になれる。そしたら給料は月給制になるし、ボーナスだってしこたま貰えるんだ。おまえ、ちょっと仕事をなめてやしねえか。俺はこんなことをしている人間じゃねえって、思ってんだろう。まずその根性を入れ替えるこった。

おい、タイキ。聞いてんのか。親の説教にはそっぽを向いてたってかまわねえけど、他人が言うことはきちんと聞かなけりゃだめだぞ。おまえ、たかがガードマンだと思っているだろう。生産性のねえ仕事なんて仕事のうちに入らねえって思ってやしねえか。それだよ、それ。いいか、この三番ゲートで誘導灯を振ってるおまえはな、東京に残された最後で最大のこの再開発プロジェクトの、立派なメンバーだってことを忘れるな。おやじになってもじじいになっても、俺はこの六本木の高層ビル群を造ったんだって、胸を張って言えるんだぞ。そういう仕事に矜《ほこ》りを持て。この現場で働いている三千人の中には、おまえみたいな日給制のアルバイトも大勢いるだろうけど、フリーター根性を持ってるやつはおまえだけだ。

いいか、タイキ。この第三ゲートの安全確保は、おまえのその誘導灯にかかっているんだ。万が一ここで事故が起きたら、この大プロジェクトが止まるかも知れねえんだぞ。時計ばっか見ながらいやいややるほど甘い仕事じゃねえんだ。関係車両は五十メートルで確実に視認。歩行者を停止。対向車両に注意を喚起。ことに、道路を横断しようとする歩行者に対しては、警笛を吹いて危険を伝え、それでも停止しないときは誘導員がみずから進んで安全の確保にあたる。

マニュアルに書いてあるのはたったそれだけだが、それだけのことを完全にやりとげるのがおまえの役目だ。フリーターにできる仕事じゃねえぞ。三千人のプロジェクトが、おまえにこの第三ゲートを預けているんだ。

――だとよ。目からウロコだったぜ。あの説教を聞いたとたん、俺の仕事っぷりは変わったと思う。フリーターでもアルバイトでもねえよ。俺は、お台場よりも汐留よりも、六本木ヒルズよりももっとでっけえ街を、ここに造っているんだ。

それって、すごくない？　やっぱりすげえよなあ、どう考えても。おかげでゲーセンともマンガ喫茶とも、ネットともお別れさ。夜勤明けで家に帰って、バッタリと眠りゃすぐに出勤だろ。おやじやおふくろの顔も見なくてすむし。

あ、工事車両、確認。

「はーい、ごくろーさーん。一時停止ねがいまーす！」

誘導灯を水平に掲げて、指差称呼《しょうこ》。振り返って対向車に注意を喚起。歩行者を停止。

「おそれいりまーす。工事車両が通過しまーす」

車の左側に寄り、内輪《ないりん》の安全に留意しながら、誘導灯を振って通過の要請。ここがチョー快感。何せ俺の指示で、歩行者もダンプカーも停まったり動いたりする。命令じゃなくって、礼儀正しいお願いをみんなが聞いてくれるって感じが、すっげえ気分いい。

「ご協力ありがとうございました。お気をつけて」

頭を下げるのって、なんかいいよな。ときどき、「ごくろうさん」なんて声をかけられると、胸が熱くなることもある。

さっき場内放送があって、二十階以上の高層作業は中止らしい。濃霧のため、だと。なるほどこうして見ると、組み上がったビルの半分から上は真白な雲に被われている。やべえことには、夜が更けるにつれその雲が地上に降りてきた。五十メートル先の工事車両を視認するのだって難しいくらいの霧だ。俺がよく見えねえってことは、ドライバーも歩行者もよく見えてねえわけだから、よっぽど気を付けなくちゃなんねえ。誘導係になってから、この半年で最低の晩だよな。メッチャ寒いし。

でも、俺的にはまんざらでもねえんだな、これが。ファイトが湧くっつうのか、条件が苛酷な分だけやる気が出る。雨の日とか台風の前とかもいいけど、真冬の霧の晩っての。燃えるぜ。

あっ、やっべえ。あのババア、通りを渡るぞ。

何しろ交替した先輩からの申し送りだかんな。注意事項その一、外苑東通り向こう側にボケたババア。

腰の曲がったばあさんが、この第三ゲートの向かいの舗道に花束を抱いて立っているのは、何もきょうに始まった話じゃねえんだ。たぶん孫がこのあたりで交通事故に遭ったんじゃねえんかな。何時間もじっと、緑色のガードレールのパイプを握ってようやく立っている。何だか気の毒なんだけど、警察に通報するほどのことでもねえし、それにしばらくすると家族が迎えにやってくる。

でも、通りを渡るってんじゃやばい。あんましかかわりあいになりたくねえけど、マニュアルに書いてあるし。

道路を横断しようとする歩行者に対しては、警笛を吹いて危険を伝え、それでも停止しないときは誘導員がみずから進んで安全の確保にあたるんだ。

とりあえず、警笛。

「あぶない、あぶない、だめですよォ！　そこで止まって下さい。渡っちゃだめだって」

やっべえ、止まんねえよ。こうなったらみずから進んで安全の確保にあたるぜ。

ダッセー、何で俺がボケたばあさんの介護をしなくちゃなんねえの。

＊

ああ、霧の中から死神がやってくる。黒い外套《がいとう》を着、襟巻ですっぽりと顔を被い、百合の花束を抱えて。

「くるな。シッシッ、あっちへ行け」

矢野二等兵は震える声で死神を追った。曲がった腰を支えるようにして一緒に歩み寄ってくるのは、成仏できぬ兵隊の亡霊だろう。鉄帽を冠り、襟に毛の付いた防寒外被《がいひ》を着て、足はあるのだが見慣れぬ編上靴《へんじょうか》をはいている。一聯隊はレイテに投入される前は満州の守備にあたっていたから、身なりからするとそこで死んだ兵隊にちがいない。

それにしても、兵隊が握っている赤い剣は何だ。まるで電気じかけのようにぴかぴか輝いている。

「くるな。くるなよ。俺はまだ死なねえぞ。生きて帰って、頼子を抱くんだ。ガキを抱くんだ。そしたら死んだっていいから、今は見逃してくれ」

営門の鉄格子を握ったまま、矢野の足は根の生えたように動かなくなった。

「怖がらないで」

死神は妙にやさしい声で呟いた。一歩を踏みしめるように歩んで営門に寄り、鉄格子を隔てて矢野と向き合った。

「怖がらなくていいのよ。もう、終わっているの」

老婆は花束を足元に置き、外套の懐を探って何やら取り出した。

わからない。なぜ死神が、どこかでなくした俺の眼鏡を持っているのだ。

「もう怖がることは何もないのよ。ぜんぶ終わっているの。何もかも、ぜんぶ」

死神は鉄格子の間に手を差し入れて、凍えついた矢野の顔に眼鏡をかけてくれた。

突然視野が開けた。ああ、と矢野二等兵は真白な息を吐いた。老婆の顔が、やさしい悲しみを湛《たた》えた妻の顔に変わっていた。

「終わってるって――」

「よく見てごらんなさい、あなた」

矢野はゆっくりと頭《こうべ》をめぐらした。美しい妻の顔の向こうには、着飾った若者たちが行きかっており、色とりどりのネオンサインが瞬き、自動車が走っていた。

「何だよこれ。いってえ、何だってんだよ。ここはどこだ。アメリカなんか」

「そうじゃないのよ、あなた。ここは、私とあなたが生まれ育ったふるさとです。ほら、あそこが六本木の十字路。思い出してちょうだい。別れるときはいつも、あの十文字のあっちかしとこっちかしで、手を振ったでしょう」

おびただしい思い出のかけらが、矢野の頭の中に撒《ま》き散らされた。恋人同士のころ、たった一夜の別れがあれほど切なかったのに、自分はどうして頼子をあの交叉点に置き去って兵隊になどなったのだろう。

「重営倉も軍法会議もかまうもんか」

鉄格子を攀《よ》じ登ろうとする矢野の手を、頼子の手がくるんだ。

「わかってよ、あなた。もう終わっているの。何もかも」

「したっけ、黙ってたら明日は出征だ」

「そうじゃないのよ。あなたはとうに出征しているの。歩一《ほいち》はね、レイテ島で玉砕したのよ。あなたばかりじゃないわ、誰もこの町に帰ってはこなかった」

軍靴の足が滑って鉄格子を踏みはずし、矢野は地べたに尻餅をついた。

霽《は》れた夜空を見上げた。瞭《あきら》かな視野の中に、天を衝くような摩天楼がそそり立っていた。兵営は影もかたちもなく、巨大な工事現場の白い光があたりを被っていた。

矢野二等兵は鉄帽の頭を抱えて蹲《うずくま》った。いったい何が終わったのか、その終わりの場面が唐突に甦ったのだった。

リモン峠の陣地には敵が迫っていた。十字の射線を組んだもう一方の機関銃は沈黙しており、分隊の銃座は孤塁になっていた。

「装弾、装弾、ああこん畜生、銃身が焼けちまった」

原島二等兵は重機関銃の握把《あくは》を握りしめたまま叫んだ。雨季でぬかるんだ陣地の底から、矢野は鉄帽で泥水を掬《すく》った。銃身にぶちまけると、真白な蒸気が上がった。

「よし、装弾」

弾薬箱の中に詰まっていた三十発十八連装の弾丸は尽きていた。

「タマ、ないか！」

矢野は壕から顔を出して叫んだ。立ちこめる硝煙をついて、二人の兵が躍りこんできた。転進してきた前衛の兵らしく、顔に見覚えはなかった。

「二等兵が無駄弾を撃ちやがって」

谷山上等兵は原島を押しのけて射座についた。両手に弾薬箱を提げてきた坂垣上等兵が、すばやく保弾帯を重機に差しこんだ。機関銃は峠道を這い登ってくる敵兵を、次々と薙ぎ倒した。

「うわ、すげえや」

感心する原島二等兵を、坂垣は装弾の手も休めずに叱りつけた。

「何言ってやがる、撃て撃て。ところでキニーネを持ってねえか」

歴戦の上等兵とは大したもので、弾雨の中でもそんなことを言う。

「申しわけありません」

矢野は歩兵銃を撃ちながら答えた。前線の兵はひとり残らずマラリアにかかっていた。素裸で駆け回りたいほどの発熱をしたかと思えば、一転して身の凍えるような悪寒が襲ってくる。キニーネはマラリアの特効薬だが、個人が装備するものはとうに尽きていた。

「まったく、小便も満足に出やしねえ。ひと暴れしたら退がるぞ」

射撃の合い間に谷山上等兵は言ったが、すでにそういう状況にないことは、矢野にもわかっていた。前衛の陣地は潰されて、峠道を敵の戦車が通り過ぎて行った。押し寄せる敵の歩兵に囲まれた、まさしく孤立無援の機関銃座だった。

西軍曹はどこを撃たれたものか、壕の壁にもたれたまま動かなかった。

「分隊長殿、しっかりして下さい」

声をかけると、西軍曹は思いがけぬ力で矢野の軍衣の袖を摑み寄せ、「すまんな」とひとこと言った。

「勘弁しろよ、矢野」

泣きを入れた覚えはないのだが、必ずガキを抱かせてやると、軍曹は口癖のように言っていた。その約束を反古《ほご》にしてしまったことを、西軍曹は詫びてくれたのだった。

安心させたい一心で矢野は言った。

「自分はここで戦死します。死ねばすぐに家に帰って、女房も子供も抱けますから、そのほうがよくあります。ありがとうございました。ごくろうさまでした」

軍曹は壕の壁を滑り落ちて、水溜りの中に俯《うつぶ》せてしまった。

お国のために死ぬ。そんな言い方は少しも了簡できないけれど、そのお国に暮らしている女房と子供のために死ぬのだと、矢野は思うことにした。

「弾薬なし。突撃に前へ」

谷山上等兵は弾丸を撃ち尽くした機関銃をぽんと叩くと、物静かな声でそう言った。年かさのこの上等兵はきっと、自分と同じ了簡をしたのだろうと矢野は思った。

「命はもういいがよ、キニーネは欲しかったなあ」

着剣した銃を胸前に構え、坂垣上等兵はたくましい現役兵の首をごきりと鳴らした。

「なあ、矢野。今度の休みには貴様の家に寄っていいか」

原島は泥だらけの顔をほころばせて笑った。

「よし、これから行こう。おまえは田舎者だから、六本木も赤坂も案内してやる」

矢野二等兵は立ち上がった。戦うのではなく、死ぬのではなく、生まれ育った六本木の街に帰るためだった。


「やっとわかってもらえたわ」

工事現場の白い光を真向《まっこう》に受けて、頼子は微笑んでいた。

「骨箱の中味は、この眼鏡だったの。どなたかが持ち帰って下さったんでしょうけど、ありがたいことです」

すべてが終わっていたのだと知ると、矢野の体から力が抜けた。おのれのうちに渦巻き荒れ狂っていた、熱も悪寒も、恐怖も悔悟も、痛み苦しみのすべては嘘のように消えてしまった。

矢野は門扉に寄って、鉄格子の間から妻の体をまさぐった。若く清らかな母の体だった。

「子供は」

「男の子よ」

「よかった。寺を潰さずにすんだか」

「うん。煙草屋はおしまいにしちゃったけど。おとうさんも、それでいいって言って下さったから」

「よりこ」

「なあに」

「俺は、おまえの名前ばっかり日に百ぺんも唱えてた。よりこよりこよりこよりこ、って。聞こえたか」

「ありがとね。あなたのおかげで、みんな幸せになりました。ほら、こんなに」

「でもよ、よりこ。俺、おまえひとりを不幸にしちまった」

「私、幸せだったわ。たぶん誰よりも。だって、あなたの声は六十年もずっと聴こえてたんだもの。こんな幸せな女が、ほかにいるもんですか。私は一等幸せだからね、だからみんなにかわって、あなたにお礼を言わなくちゃいけない。ごくろうさまでした、あなた」

頼子は百合の花束を、矢野の軍服の胸に托した。歩兵第一聯隊の兵営は消えてなくなり、その跡には見知らぬ摩天楼が建ち並んでしまったけれど、この矜り高くかぐわしい純白の花は、歩一《ほいち》の兵にこそふさわしいと矢野は思った。

「これは、みんなのために貰っておくよ」

「あなた、やさしいね。ちっとも変わってない。それじゃあ、あなただけに」

そう言ったなり、頼子は門扉ごしに矢野のうなじを抱き寄せて、唇を重ねてくれた。

「よせやい、人が見てるじゃねえか」

矢野二等兵は鉄格子から後ずさると、銃と花束を控え銃《つつ》に抱いて姿勢を正した。

「見送りありがとう。そんじゃ、行ってきます」

「行ってらっしゃい、あなた」

調練通りの回れ右をすると、矢野二等兵は夜空を被う白い光をめざして歩み出した。

「なにブツブツ言ってんだよ。シャンとしろよ、ばあちゃん。ケータイ、持ってねえんか」

怒るわけにもいかねえし、かと言って警察に電話するのも何だし、まったく始末におえねえババアだ。

*

これまでの経験則によれば、そろそろ迎えの家族がやってくる時間なんだけど。と思う間に、白い高級車が目の前に停まった。おお、レクサスでやんの。すげえな。ところが運転席から降りてきたのはスキンヘッドの強面《こわもて》。俺、何もしてねえよ。善意の第三者だからな。

「申しわけありません。ご迷惑をおかけします。おかあさん、またここにきてたのか。風邪ひくじゃないか」

と、この如才なさはヤクザじゃねえよな。

「通りを横断してきたもんですから、びっくりしちゃって。マジ危ないっすよ」

「それはどうも。すっかりボケちまいまして、どういうわけかしょっちゅうここにくるんですよ」

どうやら孫を交通事故で亡くしたわけじゃねえらしい。だとすると、ただの徘徊《はいかい》老人かよ。あれ、花束ねえじゃん。風で飛んだんか。

伜が迎えにきたってのに、ばあさんは動こうとしない。しまいには伜が背中を向けて屈み、「ほら、おかあさん。おんぶ」だと。いい齢こいた伜が八十のおふくろをおんぶするってか。泣かせるよな。

こいつ、もしかして坊さんじゃねえの。ここいらの寺は金持ちだろうから、レクサスぐらい乗ってたってふしぎはねえし。うちのおやじに見せてえよ。ばあちゃんを老人ホームに入れたまんま、めったに面会にも行かねえ。夜勤明けに覗いてみっか。そこいらで饅頭《まんじゆう》でも買って。

こら、タイキ。おまえって完全に名前負けだね。知るか、ババア。俺がてめえで付けた名前なら、そう言われたって仕方ねえけど。要するに俺が名前負けしたんじゃなくって、おやじのせい。ったく、ばあちゃんに物を言い返すのも大人げねえし、つらいぜ。

坊主はおふくろをレクサスの助手席に座らせて、シートベルトまで締めてやった。さあ、うちに帰ろうね、だと。

「それじゃあ、お世話様でした」

「お気を付けて」

世話なんかしてねえよ。

俺は誘導灯を振って後続の車を停め、レクサスを送り出してやった。ハザード・ランプは俺に向かってありがとうを言ってんのかな。

「はーい、どういたしまして」

この仕事を始めてから、俺も変わったと思う。お気を付けてだの、どういたしましてだの、俺の辞書にはありえねえ言葉が口から出る。このまま四十年たてば、俺もおふくろを背負うんか。ありえねー。

「すんませーん、ちょっとションベン」

俺はテールランプを見送ってから、先輩に声をかけてトイレに行った。

第三ゲートの内側には、コンクリートで固めた古い建物があって、ガードマンの休憩室になっている。ここが防衛庁だったころは門番の詰所に使われていたらしいが、何となくキモい建物だから誰も使おうとはしない。

キモいっていえば、そこの裏側にあるトイレ。トイレじゃねえよ。便所でもねえ。ご不浄。もしくは厠。陽の当たらない塀際に、おまえいったいいつから建ってるんだって聞いてやりたくなるくらいの代物《しろもの》だ。工事が終わったら、どっちもぶっ壊されるんだろうけど、これだけ年代物だと何だかもったいねえ気もする。

小便をおえて出てくると、すっかり葉を落とした銀杏の木の幹に、さっきのばあさんが抱いていた百合の花束が立てかけられていた。

何でこんなとこにあるんだ。風で飛んできたふうでもねえし。キモいぜ。

夜勤明けに老人ホームに持ってってやろう。名前負けだなんて言わせねえように。これって、名案じゃねえの？

俺は花束を抱いた。とたんに、矜り高くかぐわしい純白の花が、いとおしくてたまらなくなった。

わけがわかんねえよ。何で胸がいっぱいになって、涙まで出るんだ。

俺は花束を抱いたまま、サーチライトに倒されたいくじのねえてめえの影を、作業靴の踵《かかと》で踏んづけた。

どうした、タイキ。何が悲しくってメソメソ泣いてんだ。一年や二年浪人したからって、そんなにヘコむことねえだろ。シャンとしろっつーの。

どうなってんだよ、これ。泣いてるうちに、反吐《へど》みたいなかたまりが胸にせり上がってきた。病気かもしんねえ。

俺はこらえきれずに声を吐き出した。

「ありがとうございました。ごくろうさまでした！」

自分が絞り出した言葉の意味がわからずに、俺は昔の兵隊みたいな気を付けをしたまま、しばらく真白な霧の中に立っていた。

お狐様の話

昼ひなかでも月の光に洗われているような、それはそれは色白の娘だった、と伯母は言った。

肌が白いばかりではなく、面ざしもいずまいたたずまいも、いちいちが雅《みやび》な人形のようだった、と。

伯母の十八番《おはこ》であるお狐様の話は、いつもそのような前ふりから始まった。子供らの中には、それだけはやめてと懇願する者もいたが、耳を塞いで蒲団《ふとん》に潜りこむほかはなかった。話の始まる前のそうしたやりとりは、いわばこの怪異譚の枕のようなもので、べそをかく子供をみんなして宥《なだ》めながら被虐的な興奮はいや増し、やがて座敷はしんと静まった。

「ご神前で騒いではいけないよ」

幕開けを告げる一丁の柝《き》のように伯母がそう言うと、子供らは夜具の中で息を詰め、身じろぎもしなくなった。

百畳の広間は「奥」と呼ばれていた。ふつう武家屋敷では、奥居《おくい》といえば家族の住まう奥座敷をさすのだから、なぜ玄関にも近く、講中の団体客が寝泊りするための大広間がそう呼ばれていたのかは不明である。

夏休みなどで親類の子供らがことのほか大勢集まった折には、この広間に蒲団が敷き並べられた。百畳の東側には、軸を掲げ鷹の剝製を置いた大きな床の間があり、西側にはガラス戸を隔てた立派な神殿が造りつけられていた。そして南北には、涯《は》てもなく純白の障子をたてた大廊下が続《めぐ》っていた。

奥多摩の霊山の頂に建つ母の里は、そうした屋敷だった。

大広間が「奥」と呼ばれた所以《ゆえん》を、あえて推量すればこういうことになろうか。

私の母とは親子ほど齢の離れた伯母は、松方公爵のお屋敷で行儀見習いをした。東京の女学校を出たのは昭和初年生まれの母が初めてであったというから、それまでの女子はみなこの伯母のように、華族の屋敷に奉公して礼儀と教養を修めたのであろう。

だとするとさらに以前の娘たちは、江戸の大名屋敷に上がったのであろうし、中には江戸城の大奥に入った娘もあったかもしれぬ。そうした娘たちが勤めをおえて生家に戻り、賓客を迎えたり神を祀《まつ》ったりする大広間を、屋敷の中の貴い神秘の場所として、

「奥」と呼び始めたのではなかろうか。

ともあれ、祖先がこの霊山の神官に封ぜられてから十八代目に当たる子供らは、百畳の闇のただなかに枕を並べて、とっておきの恐怖譚——お狐様の話を聞いた。

季節は夏のさかりだったが、鬱蒼《うっそう》たる杉林に囲まれた山頂の屋敷は、綿入れの蒲団を着ねばならぬほど薄寒かった。

「おじいちゃんの験力《げんりき》を頼って、お狐憑《きつねつ》きがよくやってきた。まだ電車もバスも、ケーブルカーもない時分の話さ。お狐様が憑くのは、ちょうどおまえたちぐらいの齢ごろの、きれいな女の子と決まっていた」

枕元に座る伯母の絽《ろ》の着物には、襟から続く襦袢《じゅばん》の白さが透けていた。屋敷は信仰心のない旅客も泊めていたけれど、元来は講中のための宿坊であるから、男は常に袴《はかま》を付け、女は夏ならば黒無地の絽を、冬は袷《あわせ》のお召を着るのがならわしだった。

「その験力というのも、ひげのおじいちゃんまでの話だがね。おまえたちのおじいちゃんは、からきしだった。うちのご先祖はもともと熊野の修験《しゅげん》だったから、家伝の験力が代々伝えられていた。ずっと昔に、東照大権現様のお指図でこのお山に上ってきてから、うちのおじいちゃんたちはみんな、よその御師《おし》さんらとはちがうお役目を言いつかっていたの。熊野権現のお力を使って、公方様《くぼう》と江戸の町をここからお護りする。だからその験力を向ければ、お稲荷様のいたずらなんかはたいてい調伏することができた」

その女の子は、まるでフランス人形のようだった、と伯母は言った。

玄関の木鐸《ぼくたく》が鳴らされたのは、千年の森に蜩《ひぐらし》の鳴き上がる夏の夕刻だった。貴人の駕籠《かご》を担ぎ上げるための広い式台に端座したまま、曾祖父はしばらく挨拶もせずに、その女の子を見つめていた。幼い伯母は曾祖父の背にした衝立に隠れて、招かれざる客を覗き見た。

十歳ばかりの女の子は、レースの飾りがたくさん付いた藤色の洋服を着ており、造花を飾った鍔《つば》の広い帽子を冠《かぶ》っていた。両の掌を二人の大人に、つなぐというよりつながれたまま、曾祖父に薄笑いを向けていた。

その付添人たちが少女の父母でないことは、ひとめでわかった。麻背広を着て蝶ネクタイを締め、パナマ帽を胸にかざした男は家令で、もう片方の掌を握りしめた中年の女は、乳母か女中頭のようなものであろう。二人は中に置いた少女を、丁重な物腰で気遣っていた。

曾祖父は家令の差し出した紹介状を読み、老眼鏡を懐に収《しま》ってから、お力添えをいたしましょう、というようなことを言った。とたんに付添人たちは、体中からふうっと息を抜いた。

「しかしながら、ひとつだけご承知おき願いたい」

曾祖父は端座したまま権高《けんだか》な口調で言った。官幣大社《かんぺいたいしゃ》の宮司が謙《へりくだ》る相手は、皇族か勅使か、せいぜい華族の当主だけだった。

「こうして当家までお運びになられるのは、よくよくお困りになられた果てでございましょう。荒療治に堪えざる不測の場合もままありますが、よろしいか」

御前《ごぜん》も奥方もすでに覚悟めされている、と家令は答えた。

尋常ならぬ大人たちのやりとりを聞いて、少女は脅えた。「おうちへ帰る」と言って後ずさるのを、家令と女中頭が乱暴に引き止めた。彼らにはその小さな主を思いやるだけの余力が、もはや残っていないようだった。

すると曾祖父は、欅《けやき》の一枚板の式台の上を膝で滑って、レースの両袖を握ると胸元にぐいと引き寄せた。

「お嬢の名は何と申されますか」

少女は答えなかった。

「しっかりなさい。父母から戴いたおのれの名を言いなさい」

力に抗《あらが》って身悶《みもだ》える少女のうなじには、まるで祭の面を背負ったような、もうひとつの顔があるように見えた。首がぐるぐると回って、いたいけな少女の顔と怖ろしげな獣の貌《かお》とがこもごもに顕《あらわ》れた。そこで伯母は、これがお狐憑きだとわかった。

「かな、です」

 何かほかの名乗りを上げようとする猛々しい力を押し分けるようにして、少女はようやく呟いた。

そうか、と言ったなり、その頭を撫でようとして曾祖父の掌が止まった。

「もしや、お嬢は十月の生まれかな」

「はい。どうしてわかるのかしら」

それは曾祖父の験力ではなかった。少女は「かな」と名乗ったが、「かんな」とも聞こえたからである。もし洋花の名ではないとすると、十月の古名にちなんだ命名であると思えた。

「やよい」が三月生まれで、「さつき」が五月生まれならば、「かんな」は十月生まれにちがいないという類推である。しかし弥生《やよい》や皐月《さつき》ならばともかく、「神無」ではいかにも字面が悪いから、平仮名で「かんな」と称したか、あるいは「かな」としたか、ともかく曾祖父の推理は的を射ていた。

神の無き名を持った子供に、狐がとり憑いた。よほど不憫《ふびん》に思ったのか、曾祖父は少女をがしりと抱き寄せて、白髯を蓄えた頰をその顔にすりつけた。

「わしが治してさし上げる。少々手荒なまねもするが、辛抱せい」

曾祖父は何ものかに乗っ取られた少女の体を、両手で愛おしみながらそう言った。

「付添いのおじさんとおばさんは、お二階にお部屋をとった。でも女の子は、そこのご神前にお蒲団を敷いて寝たの。襖《ふすま》を立てて、三度のお膳もそこに運んだ」

伯母の指先をたどって、子供らは闇に目を凝らした。

神殿は大広間から裏庭へと張り出すように造りつけられており、抱稲《だきいね》の家紋を金箔で捺《お》した大ガラスの前には純白の幕が掛けられていた。

ご神前と呼ばれるその一間は、大広間の一部にはちがいないのだけれど、けっして蒲団を敷いて寝たり、飲み食いなどをしてはならぬ聖域だった。講中の団体客やら、林間学校の生徒たちが宿泊するときは、その一角だけに襖が立てられるので、大広間は鉤の手に変形した。

当主は毎朝早く、潔斎してご神前に赴き、祝詞《のりと》を上げた。山上に点在する神官たちの屋敷から、一斉に太鼓の音が鳴り響いた。神事とはかかわりのない宿泊客がいようが、隣座敷で子供らが眠っていようがいまいが、神官たちの打ち鳴らす太鼓は明けやらぬ山頂の気を震わせた。

そうして朝の神事をすませたのち、神官たちはそれぞれの屋敷を出て、見るだに殆《あやう》い浅沓《あさぐつ》を履き、正装をこらして神社へと向かった。

「何様のお嬢かは知らないけれど、たいそう行儀のいい子供だった。ひげのおじいちゃんが祝詞を上げ始める前に、きちんとお蒲団を畳んで、着替えもすませて、ご神前の脇にちょこんとかしこまっていたっけ」

伯母が言うには、人の手を借りなければ何もできないのは、成り上がりの坊っちゃん嬢ちゃんなのだそうだ。重代の貴顕といわれるような家の子供は、みな自分のことは自分でして、他人の手を煩わせなかったという。

仮に、香奈という字を当てておく。

その香奈という娘は、少なくとも武家大名かお公家の姫様、いやもしかしたら、いとやんごとなきお血筋の、宮号なんぞお持ちの方だったのかもしれない、と伯母は言った。ほどなく麻布仙台坂の松方公爵邸で行儀見習いをした伯母が、顧《かえり》みてそう思ったのだからまちがいはあるまい。

伯母は話しながら、子供らの耳にも聞き慣れた祝詞を朗々と口にした。あの、「高天《たかまが》原《はら》に神留《かむづま》り坐《ま》す神漏岐《かむろぎ》神漏美《かむろみ》の命以《みことも》ちて」に始まり、「天《あめ》の斑駒《ふちこま》の耳振り立てて所聞食《きこしめ》せと畏《かしこ》み畏みも白《まを》す」で終わる、禊祓詞《みそぎはらえのことば》である。

私の家は父方の祖母も神事を怠らず、嫁である母も巫女《みこ》であったから、毎朝この祝詞はいやでも聞かされていた。いずれも神主の子か孫である子供らは、蒲団にくるまったまま小声で伯母に唱和した。この禊祓詞は、仏教の般若心経やキリスト教の聖言のようなものであろうか。神事といえばまずこの短い祝詞から始まるのである。

曾祖父はかたわらに香奈を座らせたまま、朝の神事をとり行い、太鼓を叩き、それから関東平野を一望する裏廊下に立って、息吹《いぶき》の行《ぎょう》をした。

両手を腰に当てて朝日に向き合い、体を左右に捻じるようにしてゆっくりと息を吸う。それから曙光《しょこう》に正対して、同様に深く長く呼吸をする。掌を袴の臍《へそ》のあたりに重ね置いて、俯きかげんにしばらく瞑目《めいもく》する。

曾祖父に教えられたものか、それともかねてより知っていたのか、香奈もおとなしくこの行に従った。

その様子を垣間見ながら、やはりお姫様《ひいさま》はたいしたものだと伯母は思った。同じ齢ごろの子供らはみな、神事だの行だのが嫌で逃げ回っているのに、香奈は素直に曾祖父に服《まつろ》い、またその所作も垢抜けて見えた。

屋敷にやってきた翌朝には、香奈は上等な絞《しぼ》りの振袖を着た。一行は手ぶらだったが、後を追うようにして鉄道の小荷物《チッキ》が届けられたのだった。それも屋敷から人を出したわけではなく、どこかの駅の赤帽が雇われて、大きな行李《こうり》を二つ、振り分けに担いで山まで登ってきたのだった。

その赤帽がしばらく勝手口の上がりかまちに腰を下ろして、汗を拭きながら煙管《キセル》を使う姿を、伯母はとりわけはっきりと記憶していた。

麓の駅には赤帽などいなかったから、行李は実はチッキなどではなく、東京のどこかの駅からその男がずっと担いできたことになる。だが、なぜかその行李には、正しいチッキの作法で亀甲型の麻紐がかけられ、荷札まで付いていた。

お姫様の錯乱は極秘にちがいないから、世間を憚《はばか》ってそんなふうに赤帽を雇ったのだろうと、二つちがいの伯母と姉は噂し合った。

赤帽が珍しくて、二人の娘は帰り途を少し追って行った。すると赤帽は何を勘違いしたものか、杉林の木下闇《このしたやみ》に立ち止まり、チッと舌打ちをして十銭の白銅貨をひとつずつ二人に押しつけた。つまり赤帽は幼い姉妹が小遣ほしさに後をついてきたと誤解したわけだが、もとよりそんなつもりのない、また他人から小遣を貰うことなどない神官の子らは、その思いがけぬ十銭玉にどことなくうしろ暗い、たとえば口止め料か何かの背徳を感じた。

伯母が赤帽の姿をよく記憶していた理由は、その小遣銭を心ならずも受け取ったことで、この秘密の魔陣の中に引きこまれてしまったように感じたからであろう。

「よくよく神社に登ってお賽銭箱に投げてしまおうと思ったんだけれど、それも何だし、結局おねえさんと二人して、懐に入れてしまうことにしたの。おまえたちも、他人様《ひとさま》からやみくもにお金を貰ったりしてはいけないよ」

その十銭玉には何ら他意があったわけではない。だがその金を受け取らぬか、せめて神社の賽銭箱に投げこんでさえいれば、伯母はその後に起こった怖ろしい出来事を見ずにすんだ、と信じている様子だった。

行李の中には香奈の衣装が詰まっていた。そのほとんどは色とりどりの振袖と帯と小間物で、祖母はそれらに風を通しながら溜息まじりに、

「おまえたちにも不自由はさせていないけれど、いやはや、上には上があるもんだ」

というようなことを言った。

衣桁《いこう》に掛け並べられた着物は、清浄なばかりで色艶のない神官の屋敷の居間を、いっとき御殿の絢爛《けんらん》に染めた。

曾祖父に服《まつろ》って息吹の行をするときも、香奈はそのうちの一襲《ひとかさね》を着ていた。日がな一日、目にも彩《あや》かな振袖をまとい、どうかすると日に一度はちがう柄に着替えた。

長い髪は背の下で結わえただけだったが、少し巻き癖のあるせいで、ふっくらと肩の上に拡がるさまは、いかにも貴人のおすべらかしに見えた。そしてその豊かさが、香奈の白い顔をいっそう白く、いっそう小さく演じていた。

屋敷に来たときはフランス人形であったものが、一夜明くれば雛人形に変わっており、しかもその変容に何のふしぎも感じさせなかった。貴い人はやっぱりちがうと、幼いなりに貴種の自覚を持っていた伯母も、しみじみ思ったそうだ。

ところで、ふしぎというならよほどふしぎなことがあった。

玄関の式台で初めて見たときの、瞭《あきら》かな憑きものの印象が、あくる朝には嘘のように消えていたのである。到着したその夜のことは伯母の記憶にはなかった。たぶんお狐憑きが怖ろしくて、覗き見る気にもなれなかったのであろう。しかし一夜明けたとたん伯母が目にした香奈は、何ら異常を感じさせぬ、美しく愛らしいばかりの子供だった。

曾祖父が神社に上がったあと、誰に言われるでもなく伯母と姉は、香奈を誘ってお手玉をついたり、広い屋敷の案内などをしたそうだから、たしかに恐怖を感じさせるほどの不自然さは何もなかったのである。

涼やかな風が裏廊下から表の庭へと吹き過ぎる大広間で、三人の少女はおやつを食べた。

フランス人のペストリーが焼いたという西洋菓子は、頰の落ちるほどおいしかった。そのころはこの屋敷にも住みこみのコックと板前はいたのだが、まさかフランス人の菓子職人まではいなかったので、やはりお姫様の暮らしぶりはちがうと、伯母はしんそこ羨んだ。菓子を食べながら、けっして膝の上に食べかすを零《こぼ》さぬ香奈の所作を、どうにか真似ようとしたがうまくできなかった。

香奈はビスケットを小さく嚙るたびに、片方の掌で懐紙を胸元にかざした。そのしぐさが実に鷹揚としていて、手で迎えるでもなく首もすっくりと伸びたまま動《ゆる》がない。ひとつを食べおえると懐紙は三角に折り畳まれて、絞りの襟に挟みこまれた。

そのときから伯母と姉は、ごく自然に「カナさま」と呼ぶようになった。貴人の子息や息女が、参拝や山登りに訪れることはしばしばで、そうした折にはあらかじめそのように呼ぶよう言いつかっていたのだが、誰に言われるでもなく「カナさま」と呼んだ。

一方の香奈は、子供らの名を訊ねるでもなく、姉も伯母もひとからげにして「すずき」と呼び捨てた。

「すずきはあまり西洋菓子を知らないのね」

という具合である。

鈴木は当家の、つまり私の母の実家の姓であるが、世間に広く分布している鈴木姓とは発音が異なっていた。頭の「す」にアクセントが置かれる「すずき」で、これは神官に多いその姓が特別にそう発音されるのか、あるいはもともと熊野の修験であったわが家だけが、関西ふうにそう発音するのかは知らぬが、ともかくあまたの「すずき」とは異なる「すずき」なのである。

伯母はのちのち、家の人々をひとからげに姓で呼ぶ不自然さよりも、どうして香奈がはなから鈴木の正しい発音を知っていたのか、さんざ首をひねったそうだ。

「私はひとつでたくさんだから、あとはすずきで召し上がれ」

いかにも下々に賜うかのように、香奈はそう言った。

おやつが定刻通りであったとすると、それから三人でおはじきに興じ、遊び飽いて屋敷のまわりを歩き回ったころには、夏の日も杉林の向こうに傾いていたはずである。

神木に被われた山頂の夕昏れは早い。海抜が千メートルに近いそのあたりでは、夏のかかりから日がな蜩《ひぐらし》が鳴いており、それは名の通りの日没を告げる蟬ではなかった。

そのかわり、夕刻になると深い山の奥底から、さまざまの鳥や獣の声が聞こえてきた。伯母は雉子《きじ》と狐の声だけは知っていたが、そればかりではない鳥獣の声もこもごもに混じっていた。

伯母がそれらの遠吠えを、怖ろしく思ったためしはなかった。雉子でも狐でも、熊でも猿でも懸巣《かけす》でもなく、神社の起源にある白黒一対の狗神《いぬがみ》が、さまざまの鳥獣の声を真似ているのだと教えられていたからだった。

その昔、東征の折に道を踏み迷った日本武尊《やまとたけるのみこと》の前に、白と黒との山狗が現れて道案内をしたと伝えられ、その神話が神社の起源とされていた。講社を通じて全国に流布されているお札にも、狗神の姿が描かれていた。

長屋門からほど遠からぬ森の中でその声を聞いたとたん、香奈の相が変わった。

伯母と姉は口々に香奈を宥めた。

「こわいことないのよ、カナさま。あれはお狗様が獣の口真似をなすっているだけだから」

「そうよ、カナさま。お狗様がそろそろおうちにお帰りって、言って聞かせて下すっているの」

森の中には鴇色《ときいろ》の木洩《こも》れ陽《び》が、無数の光の帯を天上から解き落としていた。香奈はそれらの光の先を見上げ、また奥知れぬ木立ちの涯てをきょろきょろと見渡したあげく、ひとことと彼女のものではない嗄《しわが》れた声で言った。

「狗は嫌いじゃ」

それから笹藪に躍りこんだと見る間に、絞りの振袖も裾もからげぬまま、ぴょんぴょんと跳ね回り始めたのだった。そのしぐさは敵《かたき》を探し回るようでもあり、苦手から遁《のが》れようとしているようにも見えた。

伯母はそのとき、べつだんの恐怖は覚えずにただ、香奈がお道化ているのだとばかり思った。だから姉と二人して、手を叩きながら香奈の舞い踊るさまを囃《はや》し立てていた。

いったいどれくらいそうしていたのだろうか、さすがにこれはおかしいと思い始めたころ、屋敷のほうから二人の名を呼ぶ大声が聞こえた。じきに曾祖父と、そのころはまだ若かった祖父が、神社から戻った神主の浄衣のまま杉林の階段を競うようにして駆け下ってきた。

祖父が二人の娘を両腕に抱き寄せた。

「大丈夫か。何ともないか」

いったい何が起こったやらわからずに、伯母と姉はただびっくりして父の胸にすがりついた。

曾祖父は浅葱色《あさぎいろ》の袴を笹藪の中に踏ん張って、何やら聞いたことのない呪文を唱え、見たこともない印を結んだ。すると、あたりを染めていた鴇色の光の帯が、まるで干上がるようにすうっと空に吸いこまれた。伯母がその神々しいさまから目を地上に戻すと、香奈は笹の緑の上に、まるで天から落ちてきたようにばったりと倒れていた。曾祖父が駆け寄って抱きかかえた。

すぐにお祓いをせねば、というようなことを曾祖父が言った。祖父は子らを抱き寄せたまま、きのうのきょうではおもうさんも仕度ができますまい、と答えた。

「仕度も何も、このさまを見ればすぐにでもかからねばならん。お嬢の命が取られる」

そのひとことで、伯母は竦み上がってしまった。ようやく今起こったことが、お狐様の仕業であるとわかったのだった。

どうやらお祓いの仕度は手がかかるようだった。曾祖父と祖父はそれからしばらく押し問答をし、結局祖父が折れた。婿養子である祖父は聡明な人だったが、血縁のないぶん験力もないと見えて、ことこうした修法については曾祖父に抗えなかった。

香奈は気を喪《うしな》ったまま、曾祖父に背負われて屋敷に戻った。変事を知った家令と女中頭は、広縁から裸足のまま飛び降りて、泣きわめきしながら香奈を抱き取った。

伯母はそれまでにも、お狐様がとり憑いたという少女をほかに知らぬわけではなかった。だが、年に何人もやってくるそれらは、常人とどこも変わりがなかった。短ければ十日ばかり、長くともひと月で少女たちは、憑きものが落ちて山を下った。

姉が言うには、神様の領分である山に登ったとたんから、すでに邪神は観念しているのだそうだ。いわば狐憑きは山に入ったときから神の湯に浸っているようなもので、曾祖父はすでに垢の浮き出たその体を、洗い清めるだけなのだ、と。

だから神の湯船に浸りながら、その正体を晒《さら》け出して暴れる狐などは見たためしがなかった。

だとすると――香奈にとり憑いた狐は、神をも怖れぬ、千年万年の甲羅を経た大狐ということになる。

曾祖父が大狐に挑んだのは、その夜のうちだった。


山上には八百万《やおよろず》の神々が遍満していた。

肌を粟立たせ鼻につんと抜ける冷気は神の息吹であり、昼なお暗い森の樹々そのものが神であり、谷《きわ》まる断崖を鎧《よろ》う巌《いわお》が神であり、鳥獣も草木も、石くれさえも神のものであった。

朝夕には決まって峰々から霧が降りてきた。それは神々の曳《ひ》き給う純白の裳裾《もすそ》のように、山頂の赤い社殿を包み隠し、数百の苔むした石段を舐め、随身門やら鳥居やらを呑みこんで、神官の屋敷を人の目には見えざるほどに、たちまちくるみこんだ。

霧が迫る前に、屋敷の人々は総出で回廊の雨戸を閉めた。手が足らずに機を逸すれば、霧は容赦なく屋敷のうちに流れこんで、畳も夜具も水をかけたように湿けってしまうからだった。

そうして静謐《せいひつ》な夜がやってきた。

お狐祓いをするための仕度とは、邪神を調伏する神官がその身を浄めることだった。正しくは、神憑《かみがか》る人すなわち曾祖父が、神が降り給うにふさわしい依代《よりしろ》を、おのが肉体のうちに斉《ととの》えることだった。

枕元の伯母は夜目にも黒々と見える絽の肩を、わずかに上げ下げして息を継ぎながら、張りのある瞭《あきら》かな声で語った。

「ほんとうは、七日七夜のお浄めをしなければならなかったの。でも、それまでお医者にかかったり、世間体を憚ってじっとさせられていた女の子の体は、すっかり狐に乗っ取られていた。これは一刻を争う容態だと、ひげのおじいちゃんは診立てて、その夜のうちにできるだけのお浄めをした」

子供らはけっして、わからぬことを伯母に問い質そうとはしなかった。昔語りをする伯母は、子供らにとって人ではない何ものかだった。

私は山頂の神社のたたずまいをふと思いうかべた。常日ごろは大きな本殿しか拝むことはできないが、祭礼の折にはその本殿をぐるりと繞《めぐ》る無数の社殿や祠《ほこら》が公開された。それらは大小もかたちもさまざまだが、いずれも神さびた古めかしさで、それぞれに権現社だの秋葉社だの、あるいは難しい漢字を並べつらねた神々の表札がかかっていた。

七日七晩の潔斎をすれば無敵の大神が降りるが、それに足らなければ相応の小さな神しか降りないのではなかろうかと私は考えた。依代はいわば人のかたちをした器であるから、仕度を斉えた大きな器には大きな神が降り、小さい器しか用意できなければそれなりの、小さな神しか降りることができぬのではなかろうか、と。

伯母の言った「できるだけのお浄め」というのは、そうした意味なのであろうと思った。

「そうは言ったたって、思い立ったきょうのきょうでは滝に打たれることも、奥の院に登ることもできない。おじいちゃんはお風呂場で水垢離《みずごり》をして、お台所の火と水とを浄めるぐらいしかできなかった」

長い時間をかけて湯殿にこもったあと、曾祖父は祓事《はらえごと》にのみ着用する真白な衣を着た。白足袋に白袴、白の狩衣に白い烏帽子《えぼし》という、ふだんの祭事にはありえぬ異装だった。

そして榊《さかき》をおし戴いて台所に行った。百人もの講中が宿泊することもある屋敷の厨房は広い。神社の裏手の滝から引き入れた清水が、止まることなく大甕《おおがめ》に溢《あふ》れており、その脇には屋敷よりも古いという竈《かまど》が三つも並んでいた。

火と水とを浄めることが、この際に能《あと》うべき、限られた時の中でなしうる潔斎だった。

曾祖父は竈の前に立って腰を矩尺《かねじゃく》のように折り、すばやく榊を振って祓言《はらえごと》を唱えた。

「この火を天之香具山《あまのかぐやま》の磐村《いわむら》の清火《さやび》と幸《さきわ》い給え」

それから榊の枝に灰を掬《すく》い取って、板敷をしずしずと歩み、水甕の前でふたたび腰を折った。

「この水を天之忍石《あまのおしは》の長井の清水《きよみず》と幸い給え」

榊の灰は水で洗い落とされた。

伯母はさして考えもせず、この神事を理解した。生活のうちで最も大切な火と水を浄めることで屋敷を浄め、同時に榊の枝に宿る屋敷の火と水とを、人のものではない神のものととりかえたのである。それはいかにも、この危急の折の「できるだけ」だった。

験力のない祖父は、やはり白装束を着て曾祖父の介添をした。台所を出ると、接客用の箱膳が天井まで積み重なるほの暗い板敷に立って、二人は何やら囁き合った。

「危いことはありませんね」

と、祖父は凡俗な表情で訊ね、曾祖父は「それはない」と断言した。

いったい何の話だろうと子供らが訝《いぶか》しむうちに、祖父が不安げな顔で伯母を手招いた。

「おまえに手伝いをしてもらう。おたあさんに着替えさせていただきなさい」

伯母は畏れおののき、なぜ姉ではなく自分なのだと抗った。

「おじいさんとおもうさんで決めたのではないよ。神様がおまえをとおっしゃったのだ」

そのとき屋敷には、姉と伯母のほかに幼い二人の弟がいた。夏休みのことで、何人かの親類の子供らも居合わせていた。伯母はお狐祓いの神事に加担するという恐怖から何とか免れたい一心で、まわりの子供らをひとりひとり名差しながら指を振った。

しかし曾祖父も祖父も聞き入れなかった。

「こわいのはもっともだが、神様に逆らえばもっとこわいことになってしまうよ」

祖父のその言葉で、伯母はほかの誰でもない神という見えざる力に、泣く泣く従わねばならなくなった。

伯母は白い衣に赤い袴を着せられて、髪をこよりで束ねた。神官の娘は齢ごろになればみないちどは巫女として神社に上がるが、幼な心に憧れていたその装束を、まさかこんな場面で唐突に着せられるとは思ってもいなかった。

「おじいさん、私は何をするの」

着替えをおえると、どうしたことか盛装の晴れがましさが不安を追いやってしまった。

「何もしなくてよい。依童《よりわら》は何もせずに、じっと座っているだけでよい」

曾祖父は榊をおし戴き、祖父は三宝を掲げ持ち、伯母はただ身を固くして、長い闇の廊下を歩んだ。家族は大階段の下までしか送ることを許されなかった。

火と水とを浄めただけでも、その夜の屋敷の空気は常とはまったくちがった、かんと澄み切った気に変わっていた。

恐怖と不安が晴れがましさに変わったのも、巫女の衣のせいではなく、神が依童に憑《かか》ったからだった。

回廊を巡って奥の障子を開けると、ご神前に座蒲団を三枚も重ねて、狐憑きの少女が大あぐらをかいていた。乱れた絞りの裾が割れて、白い太腿《ふともも》が剝《む》き出していた。

香奈の肉体に棲《す》む大狐は、いささかも動ぜずに神の使者たちを睨《ね》めつけ、野太い嗄《しわが》れ声でただひとこと、

「来ィたァなァァ」

と言った。

「それからしばらくのことは、何も覚えていないの。そこのご神前で、ひげのおじいちゃんとお狐様は向き合って座り、おもうさんが石笛を吹いた。私はただ、ちんまりと座ってただけ。長い長い大祓《おおはらえ》の祝詞を聞くうちに睡《ね》たくなって、その先は眠るでもなく

醒《さ》めるでもなく、ゆらゆらと舟を漕ぎながら神様とお狐様の問答を聞いていた。問答といっても言葉じゃなくって、犬と狐の吠え合う声だったんだけれど」

子供らは蒲団の縁から目だけを覗かせて、ご神前の闇を見つめた。

大人よりも清い伯母の肉体は、神が依代にたどり着くための装置――すなわち依童として使われたのであろう。

笛の名手であった祖父の奏でる古代の音曲に誘《いざな》われた神は、伯母の清浄な肉を通過して曾祖父に憑った。そして、犬と狐の吠え声にしか聞こえぬ問答が始まった。

「火と水のお浄めだけでは、大神様はおいでになれなかったの。お狗様では、お力が足らなかった」

長い問答の末に、伯母は骨を噛み砕かれるような曾祖父の悲鳴を聞いた。

我に返ると、あおのけに倒れた曾祖父を祖父が介抱しており、香奈は何ごともなかったように座蒲団の上で体を丸め、すやすやと寝息を立てていたという。

やがて変事を伝えられた山じゅうの神官たちが、着のみ着のままで屋敷に駆けつけてきた。口々に「御師《おし》さま、御師さま」と呼びながら、気を喪《うしな》った曾祖父をひきずっていった。彼らはみな神職としての修行を積んではいたが、偉大な験力を持つ者は曾祖父ひとりだった。

曾祖父はじきに息を吹き返したが、それからひと月ばかりの間は自室の床に就いたまま、神社に上がることもできぬほど憔悴していた。

「神様に勝った狐の怖ろしさといったら、それはそれは、どんなにありのままをしゃべろうとしたって、この目で見た者でなけりゃわかりゃしない」

伯母は伸ばした背筋を花のしおたれるようにして、深く溜息をついた。

言うにつくせぬありのままは、それなりに怖ろしかったから、私たちと同じ齢ごろに一部始終を見届けてしまった伯母の恐怖は、いかばかりであったろう。

その翌《あく》る朝の香奈は、べつだんどこも変わった様子がなかった。

家令と女中頭に添われて朝の体操をし、軽く散歩をしてから朝湯を使った。邪神に向き合う恐怖は同じであろうに、医者にも親にも見放され、ついには神力も及ばなかった少女を、おいたわしい姫とのみ信じて仕えねばならぬ彼らは気の毒だった。勝負がついたからには、屋敷の者は力及ばずと詫びさえすればよかったが、彼らは結果のいかんにかかわらず、香奈に仕え続けねばならなかった。

その時分は、身分のちがう主従がともに食事をしたり、ともに寝たりすることは許されなかったらしい。香奈はご神前で朝食をとり、家令と女中頭は話相手をしながら、そのかたわらにかしこまっていた。

見た目には何の異状もなかったのだが、朝食の膳が運ばれるとじきに、女中頭が青ざめた顔で台所にやってきた。

お櫃《ひつ》のおかわりをいただけますか、と女中頭はひどく言いづらそうに言った。

「おやおや、お二人のお膳もすぐにお持ちいたしましょう」

祖母は当然のごとくにそう答えたが、たちまちその顔は女中頭よりも青ざめてしまった。祖母ならずとも誰もが、従者たちは香奈に勧められて一緒に食事をとった、と思ったのである。だが、考えてみれば二人分の食膳はおろか、碗も箸もない。お櫃の中の飯は、ほんのわずかの間に香奈ひとりでべろりと平らげたとしか考えようがなかった。

小さな塗物のお櫃ではあったが、むろん過分の飯は入れてあった。

「さいですか。まああご飯が進むのは結構なことです。どうぞご遠慮なく」

祖母は気を取り直して、おかわりのお櫃を女中頭に渡した。ところが奥に戻ったと思うとじきに、それこそどこかに投げてきたとしか思えぬほどたちまち、また女中頭が空のお櫃を抱えて台所に現れたのである。

あいすいません、おかわりをいただけますか、と女中頭は同じことを言った。

そんな往き来をいくどもくり返して、香奈は一升の飯を食った。しまいには祖母が丁重に断った。

「ご飯はいくらでもございますけれど、お嬢のお体に障りましょうから」

香奈は納得したらしかったが、やがて下げられてきた箱膳を見て、家の者は二度驚いた。

玉子焼にも香の物にも箸は付けられていなかった。香奈は一升の飯と、味噌汁の具の油揚げだけを食っていたのだった。

伯母も姉も、さすがにそれからは香奈と遊ぶ気にはなれなかった。ご神前から二階の一間に移された香奈は、姿を見せなかった。そして昼餉《ひるげ》にも、同様にして一升の飯を食った。

おやつの時刻になって、伯母が茶と菓子を届けた。姉は尻ごみをしたが、伯母は気の毒に思う気持ちがなかば、怖いもの見たさがなかばしてその役を買って出た。

大階段を昇る途中で、獣の臭いが鼻をついたという。犬や猫のなまなかな体臭ではなく、野生の獣が檻《おり》の中で放つ、ねっとりとした異臭だった。伯母は動物園になど行ったことはなく、山の上には牛馬も飼われてはいなかったが、捕えられた仔熊が檻の中で放つ臭いは知っていた。住みこみのコックが、とっておきの西洋料理をこしらえるために、獰猛《どうもう》な七面鳥を小屋で飼育していたこともあった。漂ってきた臭いはそれらに似ていた。

「ごきげんよう」

伯母が障子を開けるなり、香奈はそう言って、しごく円《まど》かな笑い方をした。どこも変わったところはないので、伯母は胸を撫で下ろした。しかし獣の臭いは座敷に満ちていた。

きのうとはちがう、青の地に白と黄の菊紋様を染めた振袖を着ていた。その色柄のせいで、香奈の顔はきのうよりいっそう白く、まるで背にした床の間の違い棚が、細い頸を横薙ぎにしているように頼りなく見えた。

膝前におそるおそる湯呑を置いた。と、いまだ湯気の立つ熱い茶を、香奈はまるで冷や水でも呷《あお》るかのように一息で飲みほしてしまった。伯母はアッと声を上げたが、香奈は噎《む》せもせず咳《しわぶき》ひとつしなかった。

「お菓子はすずきが召し上がれ」

よほどそのまま退散しようと思ったが、円かな笑顔に炯々《けいけい》と輝く瞳に見据えられては、三つの饅頭《まんじゆう》をやみくもに頬張るほかはなかった。

香奈は細かな桟《さん》で仕切られたガラス窓ごしに、杉林のたたずまいとその向こうに豁《ひら》ける関東平野を眺めていた。そして、邪神に乗っ取られた体の、わずかに残された人の心で呟いた。

「私の着物は、すずきが着ておくれ。どれもこれも、姉様と仲良う分けてね」

香奈ははらはらと涙をこぼした。小さな顎の先から滴り落ちるほどの涙であるのに、拭おうともせず、しゃくり上げることもなかった。すでに咽《のど》も手も自由にはならず、人間の良心がただその涙だけにこめられているようだった。

伯母のたいそう上手な言い方を借りれば、その涙はたとえば冬の朝の軒端につらなる氷柱《つらら》のように、さやかにしめやかに流れ続けていた。

何をできぬまでも、せめてその顔を抱きしめて、涙を掬《きく》する勇気のないことを、伯母は心から恥じた。

その涙と遺言とを終《つい》の砦《とりで》として、香奈は美しい肉体を邪神に奪われてしまった。


勝手口の板敷に据えられていた澤の井の四斗樽が、一滴余さず空になっていたのは翌る朝だった。

よその屋敷で神官たちの直会《なおらい》があり、手みやげの清酒を角樽に移しかえようとして祖父が四斗樽の栓を抜いたところ、中味はまるで舐めたかのように乾いていた。

樽のどこにも洩れた様子はなく、澤の井の丁稚《でっち》が四斗樽を御輿《みこし》のように山上まで担ぎ上げたのは、ほんの数日前のことであったから、酒がどこに消えたのかはすぐに察しがついた。

そこで祖父は、自室で寝こんでいる曾祖父と相談して、家令と女中頭に心ならずも苦言を呈することにした。

ご承知の通り、父の験力を以てしても抗しえず、かような仕儀と相成りました。当家も宿坊を預る神職でございますから、講中氏子の参詣をお断りするわけにも参りませんし、できうればきょうあすにも山を下られて、しかるべき病院にかかられることが上善と思われますが、いかがでございましょうか——。

私の祖父、すなわち伯母や母の父にあたる人は、曾祖父や歴代の当主のような格別の験力こそ持たなかったが、山麓の千人同心の家から婿に迎えられた、すこぶる教養のある、武士の威風を備えた人であった。

その申し出を受けると、家令はいったいどのように言いつかっているのか、ひどく困惑した様子を見せて、何度となく山頂の社務所に登って電話をかけ、ついに結論を見出せずに「御前《ごぜん》と直々にご相談をしなければ」と言って山を下りてしまった。

あとには日がな泣いてばかりいる女中頭と、なぜか厠《かわや》にも立たずに、宙の一点を見据えたまま動かざる雛のようになってしまった香奈だけが残された。

温厚な性格の祖父が憤りをあらわにするのは珍しいことだった。

敗れたとはいえ、おもうさんはやるだけのことはやったのだ。その勝ち負けはともかくくとしても、可愛い娘を他人様の屋敷にうっちゃったままにしておくというのは、同じ人の親として許し難い。もし引き取らぬというのなら、紹介人を煩わせるほかはあるまい。それでもどうにもならぬというならば、内務省にでも宮内省にでも出向いて訴える。何様だかは知らぬが、畏くも天皇陛下から幣帛《へいはく》を賜って皇祖皇宗をお祀りする官幣大社の宮司は、凡俗の閣下と呼ばれる人の下《しも》に立つほど安くはあるまい。

祖父のそうした憤りは、子供心にも正当に思えた。伯母はお狐様よりも、香奈を捨てた父母という人が憎くてならなかった。

伯母は明治の末年の生まれであったから、大正のなかばごろの話である。だとすると明治維新から半世紀ばかりしか経っていない時分のことで、神道は国教として大切にされてはいたものの、かつて徳川将軍家の庇護を受けていたこの神社が、官幣大社の中でも多少の偏見を受けていたであろうことは想像に難くない。

祖父の憤りには、その忿懣《ふんまん》がこめられていたかもしれぬ。ましてや祖父は、徳川の直臣ともいえる千人同心の出自であった。

そうこうするうち、四斗樽の酒を平らげた狐は、次の晩には大甕《おおがめ》の水を飲みほした。

夜更けに「お水ちょうだい」と囁く声がするので、祖母が襖ごしに「水ならお勝手で好きなだけお飲みなさい」と答えると、やがて大甕に流れ入る懸樋《かけひ》の水音が変わった。

はて、また何か悪さをしていやしないかと気を揉んで起き出してみると、風呂でも沸かせそうな大甕がからっぽで、懸樋の水がからからと底を叩いていた。

祖母は思わず悲鳴を上げた。人の気配に振り返ってみれば、振袖をぞろりと着た香奈が、濡れ髪を振り乱して佇んでいた。

「おいしゅうございました。ごちそうさま」

祖母は二度悲鳴を上げ、その瞬間から朝までの記憶を喪ってしまった。

そのまた次の晩には、さらなる怪異が起こった。もう悪さはさせまいと家族は居間にも台所にもしんばり棒をかけたうえに、狗神様のお札で封印をした。

夜中にうろうろと歩き回る足音を聞いたが、しんばり棒はともかくお札は効いたとみえて、香奈が引戸に手をかけた様子もなかった。

ところが、朝になってみるとあろうことか蔵の錠前があらざる力で引きちぎられ、置かれていた胡麻油の一斗樽が、いかにも一息で飲みほされたように転がっていたのである。

その有様を見て、祖父と祖母はこのさき何をされてもふしぎはないという不安にかられ、寝起きもままならぬ曾祖父に意見を求めた。

「帰そうにも帰す家がなし、わしもこうなってしまったのでは打つ手もない。不憫《ふびん》だがお札は効くようだから、夜は動けぬようにしてしまうほかはあるまい。火でもつけられてからでは悔やみようもないからな」

哀れなことに、その夜から香奈は座敷に狗神の封印を施され、のみならず両足を膝と足首で、両手は胸前にかざしたまま紐でくくられて、夜具の上にはお札を並べられてしまった。がんじがらめである。

お狐は香奈の体内に宿ったまま、身じろぎもできなくなった。女中頭はなかば呆《ほう》けてしまって、やはり障子に封印を施された次の間に蹲《うずくま》ったまま泣き続けるばかりだった。

凪《な》いだ、屋敷を繞る杉林のそよとも動かぬ、山上では珍しいくらいの蒸し暑い晩だった、と伯母は切絵のような絽の肩をこころもちすぼめて、その夜の出来事をありていに語り始めた。

それはすでに寝物語ではなく、今さら告げるあてもない懺悔《ざんげ》をひとりごつように聞こえた。

「昔は人の命が軽かった。悪い病気だの戦争だので、きちんと天寿を全うする人のほうが少なかったからね。とりわけ子供は育たなかった。私の兄弟姉妹だって、ほんとは十三人もいるんだけど、大人になったのは八人きりなの。おまえたちのおとうさんおかあさんだね。あのお嬢にも大勢の兄弟姉妹がいたんだと思う」

私は母の兄弟姉妹が正確に何人なのか知らなかった。訊ねるたびに数が変わるからである。むろん祖父に庶子がいたわけではなく、答える人々が夭折した兄弟を数に入れたり入れなかったり、死産や流産をした不幸な子供までを算《かぞ》えたり算えなかったりするからだった。そのうえ、女たちは十代から四十代に至るまで夥《おびただ》しい子を産み続けるから、世代が錯綜してしまって、たとえば伯母よりも齢の若い大伯父などもいた。これではいったい誰と誰が母の兄弟姉妹であるのか、子供の頭ではよくわからない。

夜が更けるほどに、大広間をぐるりと繞った雨戸の向こうから、得体の知れぬ鳥獣の叫び声が聞こえてきた。

「そうだねえ。子供の命は安いどころか、もう大丈夫という齢にならないうちは、人間だと思われてなかったんじゃなかろうか。可愛いことは可愛いけど、いつ何どき風邪をこじらせたりお腹をこわしたりして死んでしまうかもわからないから、犬か猫みたいに可愛がられてたんじゃないかと思う。そうでなけりゃ、次々に子供に死なれる親は身が持たないからね。つまり、おまえたちはまだ人間じゃないんだ」

伯母のその声を聞いたとたん、香奈という薄幸の少女が急に他人とは思えなくなった。それまでの話の中では恐怖の実体にほかならなかった香奈が、身近な人というよりさらに、自分自身のように思えてきた。

私の魂は覗き見る障子の穴をくぐり抜けて、夜具に縛りつけられた少女の体内に宿った。

「もしたくさん飼っている犬や猫のうちの一匹が、世間を憚るような病気にかかったとしたら、そしてお医者さんにも匙《さじ》を投げられてしまったとしたら、人を使って山の奥に捨ててこさせることも、あながち非人情とは言い切れない。だからおまえたちも、食べ物の好き嫌いを言ったり、危ない遊びなどをしちゃいけないよ。親が病人よりも持て余すような、悪い子供になってもそれはおんなし」

伯母は明晰な人だった。恐怖譚の底に隠された寓意を、伯母はそんな言い方で鮮かに引きずり出し、子供らの胸に自省の誓いを立てさせたのだった。

「あの夏の晩のことは、忘りょうにも忘られない」

伯母の話は、身の毛もよだつ結末を迎えようとしていた。

お札で封印された座敷の障子に穴をあけて、伯母と姉はたしかに哀れな姿を見た。

香奈は夜具の中で身じろぎもできぬまま、呪わしい、低い唸り声を上げ続けていた。かろうじて動かすことのできる両腕は、手首を帯揚《おびあげ》で細結《こまむす》びされていた。蒲団から抜き上げられて虚空を摑むその手の白さは、まるで百目《ひやくめ》蠟燭《ろうそく》が闇に躍る手品でも見ているようだった、と伯母は言った。

そうした姿になるまでには、よほど大人たちの手を煩わせたのであろうか、肩までたくし上げられた着物は寝巻ではなく、白地に赤い小紋を散らした振袖だった。その長い袂《たもと》は、二の腕のもがきなどお構いなしに蒲団の両脇に流れ出て、青畳の上のお花畑になっていた。あるいは——香奈の体の中で思うさま成長した大狐が、ついに七彩の大きな翼を持ったかのようにも見えた。

気の毒には思ったが、少女たちに何ができるわけもない。そこで伯母と姉は、蒸し暑さを少しでも和らげてやろうと、畳廊下のガラス窓をいっぱいに開けた。

杉の大樹に囲まれた夜空は狭い。月あかりは森の高みをかすめるばかりで、井戸の底から見上げるような小さな空には、黒漆に蒔《ま》かれた金銀の粉のように星々が輝いていた。

その円い星窓の光だけで、長屋門の瓦も、晩《おそ》い躑躅《つつじ》の咲く前庭も、青白く浮き上がっていた。

この山のこの夜の、遍《あまね》くあちらこちらには八百万《やおよろず》の神々が坐《いま》すはずなのに、どうして一匹の狐が退治できないのだろうと伯母は思った。

何人もの弟や妹たちが、物心つかぬうちに、あるいは日の目も見ずに死んでいったことを伯母は思い出し、この世に邪悪なものは数知れずにあるが、それを調伏する力など実は人間にも神様にもないのではないかと疑った。

振り返って障子ごしに、「カナさま、がんばって」と励ましたが、返ってきた声はすでに少女のものではなく、獣の唸りと奥歯の軋《きし》りだけだった。

もういちど、怖いもの見たさで障子の穴に片目を寄せた。とたんに腰が抜けた。

香奈は絞《くく》られた両手の指先で掛蒲団の襟を破り、綿を摑み出してはむしゃむしゃと食べていたのだった。

蒲団は賓客のための羽二重で、中味は絹の真綿だった。だからそれらは闇の中をかろがろと舞って、座敷を時ならぬ雪の晩に変えていた。

伯母をおしのけて障子の穴を覗きこんだ姉は、気丈にも、というかむしろ動顛《どうてん》して、「カナさま、おいしゅうございますか」と訊ねた。

綿を含んだ低い声が答えた。

「おいしいはずはない。もっとおいしいものが食べたい。おいしいものをくやれ」

二人は畳廊下を這い、大階段を転げるように下りて、何ごとかと問い質す父母に訴えた。

カナさまはとてもお腹をすかしてらっしゃるから、ごはんでも油揚げでもさし上げて下さい、と。

祖父は切なげに答えた。腹をへらしているのは人ではなく、お狐様なのだよ。人にとり憑く狐は悪者なのだから、どんなに怖ろしくてもお供えなどしてはいけない。そんなことをしようものなら、おもうさんは明日から神様に合わせる顔がなくなってしまう。

「だっておもうさん、その神様だってカナさまに何もできないじゃないの」

姉は言い返した。すると祖父は、姉の頰をぱしりと叩《はた》いた。日ごろ子供らにはたいそう甘い父親であったから、伯母も姉も驚いて声を喪った。

「何でもかんでも神様に頼ろうとしてはいけない。人のできぬことは、神様にだってできはしないのだ」

神官にあるまじき言葉をさらに質そうとしなかったのは、伯母も姉も幼いなりに、父の苦労を察したからだった。子供らが死ぬたびに、父はわが手で弔いをし、わが手で葬らねばならなかった。

名もなきまま逝《い》った子供を送るときなど、父は近在の人々にもわからぬように遺体を糠袋か何かのように抱いて、尾根続きの奥城《おくつき》に埋めに行った。せめてともに弔おうと後を追う子供らを叱りつけ、疲れた作男《さくおとこ》のように背を丸めて、父は坂道を下って行った。

神の山では、死は悲しみよりも穢《けが》れなのだが、父はその穢れをひとりぽっちで抱きしめながら、そしてたぶん、泣いていた。

伯母と姉はそうした父の心を慮《おもんぱか》って、今しがた二階座敷で見たものは忘れることにした。

床に入り、姉と抱き合って寝たのだが目は冴えていた。春の遠足の思い出や、ときどき父母に連れられて行く立川や青梅《おうめ》の町のたたずまいや、じきにやってくるいとこはとこの顔などを思いうかべて、何とか睡気を誘おうとした。姉もなかなか寝つけぬとみえて、輾転《てんてん》と体を動かし続けていた。

ようよう微睡《まどろ》みかけたころ、屋敷の中に金切声が上がった。時を憚らぬ足音が枕を動《ゆる》がした。

伯母と姉はたちまちはね起きて寝間から飛び出したが、家の中は子供らなど目に入らぬほど混乱していた。

二人は廊下を駆け抜けて、裏階段から二階に上がった。案外なことに、駆けつけた人々はみな、畳廊下やら次の間やらに、声もなく悄然と佇んでいた。女中頭の泣き声だけが、抑揚のない一管《いっかん》の笛の音のように、しめやかに鳴っていた。

人々の背のうしろから、伯母は開け放たれた座敷を覗き見た。

蒲団の綿を食いつくした香奈は、絞《くく》られたおのれの両手の、手首までをきれいに食ってしまっていた。血の海の中に仰向いたまま、はたして死んでいるのか生きているのかもわからなかった。

曾祖父が大階段を昇ってきた。

「見てはならない」

二人の孫を寝巻の腰に抱き寄せて、曾祖父は言った。

それから何を思ったのか、曾祖父は二人を連れて大階段を下り、廊下の雨戸を引き開けて星あかりの庭に出た。

庭は白沙《はくしゃ》でも敷きつめたようにしらじらと静まっており、競い立つ千年の杉の彼方には小さな星空が窓を開けていた。

曾祖父は何も言わず、ただ二人の孫を両手で抱き寄せて、真白な顎鬚を夜風に靡《なび》かせていた。

やがて二階の窓から、夜目にも彩かな銀色の光の塊がすべり出て、井戸の底のような闇をまっすぐに翔け上がって行った。

あとには蕭々《しょうしょう》たるしじまが残るばかりだった。

「その光が、カナさまの魂だったのか、それともお狐様だったのか、私は知らない。話はこれでしまいだよ。おやすみなさい」

子供らは夜具の中で、おやすみなさいと答えた。

伯母は背を伸ばしたままからくりのように立ち上がり、首だけを俯《うつむ》けて大広間から去って行った。


思えば私はこうした里を持ったおかげで、敬神の心はあるが怪力乱心の類いは一切信じぬ、つまらぬ人間になった。

そのかわりしばしば他人の幸不幸を言い当てて驚かれるのだが、もしそれが血の中に伝えられた能力であったら気味が悪いから、なるたけ口にせぬようにしている。

むしろそんなことよりありがたきは、意味もわからずに聞かされ続けていた、祝詞や祓詞《はらえことば》の記憶であろう。それらはおそらく太古の言霊《ことだま》となって、今も胸の奥底に鎮《しず》まっている。

たとえば書紀に曰《いわ》くこの一文を思い起こすとき、私はその言葉の美しさに陶然として、まるでおのれが天照大神の命を受けて天下る、瓊瓊杵尊《ににぎのみこと》になった気分になるのである。まさしく傲慢無礼、これに如《し》くはないが。

豊葦原《とよあしはら》の千五百秋《ちいほあき》の瑞穂《みづほ》の国は
是《こ》れ吾《あ》が子孫《うみのこ》の王《きみ》たるべき地《くに》なり
宜しく爾《いまし》皇孫《すめみま》就《ゆ》きて治《しら》せ
行矣《さきくませ》 宝祚《あまつひつぎ》の隆《さか》えまさむこと
当《まさ》に天壌《あめつち》と窮《きはま》りなかるべし

解　説——上田秋成から浅田次郎へ

川　村　湊

日本の近代小説の起源は、二葉亭四迷の『浮雲』であるというのが定説（常識）となっている。しかし、私は保田《やすだ》與重郎《よじゅうろう》に倣って、「近代文芸の誕生」として江戸期の上田秋成を挙げてみたい。明治以降の近代小説が、西欧近代文学の影響を多く蒙《こうむ》っているとすれば、「近代」は西欧という日本の〝外部〟との接触で成り立ったものといえるかもしれない。そういう意味でいえば、上田秋成の小説は、中国の白話小説（口語体の庶民文芸）という〝外部〟との触れあいによって成立した。つまり、江戸期にすでに「近世」は成立していた。むろん、英語のモダンMODERNは、「近代」と「近世」の双方を共通して指す言葉である。

　上田秋成の作品でまず真っ先に挙げなければならないのが、『雨月物語』であることは、論をまたない。そして、それが怪談集であることも。英草《はなぶさ》紙、繁野《しげしげや》話《わ》、莠句《ひつじぐ》冊《さ》、折々草《おりおりぐさ》、諸国百物語など、『雨月物語』の先蹤《せんしょう》ともいえる小説や随筆が怪奇なもの、怪異なことを主題としており、これらの怪談本の流行が、江戸期の文運を大いに盛り上げたことが、明治以降の近代文学の隆盛にそのままつながっていることは明らかであると思われる。私たちはもっと歩を進めて「怪談」こそ、「近代文芸」のルーツ（根っこ）なのであり、その本質であり、中心的ジャンルであると言明しなければならない。明治以降の大文学者といえば、泉鏡花、幸田露伴、小泉八雲、内田百閒などが挙げられるが、これらの文芸家がそろって〝お化け好き〟であり、〝お化け話〟に夢中になる作者たちであることを思えば、「近代文芸」の本質として、「怪談」が挙げられなければならないのは自明のことのように思える。

日本近代文学の口語体小説は、三遊亭円朝の速記落語にその淵源《えんげん》を持つ。その『怪談牡丹灯籠《ぼたんどうろう》』や『真景累ケ淵《しんけいかさねがふち》』や『怪談乳房榎《ちぶさえのき》』などに。もちろん、円朝の真骨頂とするところは、これらの「怪談噺《ばなし》」である。

さて、浅田次郎である。

出世作ともいえる『地下鉄《メトロ》に乗って』や『鉄道員《ぽっぽや》』がそうであるように、その作風はリアリズムというより、幻想的であり、空想的であって、やはり〝お化け（話）好き〟の本質を持っているといわざるをえない。

本書『あやし うらめし あな かなし』（原本は、二〇〇六年七月、双葉社刊）が怪談集であることは一目瞭然である。「赤い絆」から始まり、「虫篝《むしかがり》」「骨の来歴」「昔の男」「客人」「遠別離」と続いて、「お狐様の話」で締めくくられる。最初の「赤い絆」と、最後の「お狐様の話」は、東京の郊外といっていい奥多摩の御岳山《みたけさん》の御岳神社、もともと狗神《いぬがみ》を祀《まつ》った修験道系の神社の宿坊を舞台とした、民俗学的な怪異譚《たん》の趣きの濃い小説として呼応している（秩父の三峯《みつみね》神社も、狗神を祀った神社である）。

日本の宗教では、死者や葬礼や墓制は、もっぱら仏教が担い、僧侶が関与していることから、神道、神社や神官が幽霊話や怪異譚、すなわち怪談に関わることはあまりない。だから、柳田国男の「遠野物語」に倣っていえば、浅田次郎の「御岳物語」とでもいえる「赤い絆」と「お狐様の話」の二編は、神道系の怪談（厳密にいえば、神仏混淆《こんこう》の修験系）として日本の文学史のなかでもきわめて珍しい種類に属する（日影丈吉《ひかげじようきち》の「かむなぎうた」ぐらいしか思い浮かばない。しかし、これはいわゆる「怪談」ではない。あとは、坂東眞砂子の『山妣《やまはは》』などか）。

この「御岳物語」の二編は、怪談というより、民俗学的な聞き書きのように思える。下総国《しもうさのくに》羽生村に伝わる累怪談の原型である『死霊解脱物語聞書《しりようげだつものがたりききがき》』は、作り話（虚構）ではなく、江戸期には、実話として語られたものだ。「赤い絆」の若い男女（帝大生とお女郎）の心中事件も、「お狐様の話」の、やんごとない少女の狐憑きの症例も、実際にあったことに間違いなく、それを寝物語として聞く「私たち」は、御岳山上の古い宿坊に伝わる民話や民譚を聞く、民俗資料の採取者の役割を果たしている。

掛け蒲団の襟を破り、中の絹の真綿をむしゃむしゃと食べていた狐憑きの少女の描写は、単なる想像力だけで描き切れるものではあるまい。「カナさま、おいしゅうございますか」という、動転した姉娘の問いに、「おいしいはずはない。もっとおいしいものが食べたい。おいしいものをくやれ」という答えは、不気味（あやし）であると同時に、哀切（あなかなし）なものだ。

ひもじいあまりに、蒲団を食べ、自分の手首までも食べてしまったという少女。この話から、私はある江戸随筆にあった、可愛がるあまりに、自分の孫を啖《く》ってしまった祖母の話を思い出した。母親が祖母に孫を預けて外出し、戻ってみたら毛髪を残して全部を啖らってしまったのである。

あるいは、狐が恩返しにある男の妻となり、子どもをなして、子に添い寝しているうち、ついついその正体を現し、子どもに「かかさまは、おとうか（稲荷）さまになった」といわれ、家を出ていったという、葛の葉のような〝子別れ〟の悲しい話を思い出す（うらめし）。

「赤い絆」には、「おもうさん」「おたあさん」という言葉が、何の注釈もなしに使われている。もちろん、これは宮中や公家の世界での父母の呼び方だが、旧官幣大社の代々の宮司の家としてはこうした呼び方が自然なのかもしれない。さらに、お女郎から貰った緋色のお手玉など、想像や虚構によって作り出したものではなく、いかにも実話として、本当のこととして語り伝えられたものであるのだろう。

民俗学的な趣向とともに、もうひとつ感じられるのは、「戦争怪談」の影である。「虫篝」と「遠別離」の二編には、大日本帝国が南方の島のジャングルで、敗北必至の戦争を行っていた時代の話が、現在の時間との間にサンドイッチされている。私は、浅田次郎と同じく一九五一年（昭和二十六年）生まれだが、私たちの幼少年期には、まだ戦争や戦場や兵隊たちの「怪談」が伝わっていた。兵舎や軍事施設として使っていた古い学校の建物には、自殺したり、いびり殺されたりした兵隊の幽霊が出てくることは当然なことであり、防空壕や軍人墓地には、鉄兜《てつかぶと》を目深にかぶり、銃剣を持った兵士たちの亡霊がうろうろしていた。彼らはまだ戦後の平和な現実の世界に〝復員〟することができないのである。道ばたに坐り込む、白衣に兵隊帽の傷痍《しょうい》軍人のように。

兵隊の残酷物語と幽霊話は、戦後の世界においてごく当たり前の話題だったのだ。南の島のジャングルのなかで、海の見える山上の高地で、大海原の真ん中で、兵隊たちは故郷や家郷を思い出しながら、無念の死を迎えたはずなのである。

レイテ島の激戦地リモン峠の草原や藪《やぶ》の中に、私はそこで戦死した日本兵たちの慰霊碑を見た。もちろん、慰霊碑、慰霊塔といっても、住民たちや米軍に遠慮をしたような小さな碑石に、「鎮魂」とか「工兵碑」とか彫ってある程度のものだ。峠の茶屋とでもいうべき屋台店のフィリピン人の主人は、山中で見つけた日本兵が持っていたらしい古い銃身を見せてくれた。機関銃のなれの果てのようなその錆《さ》び付いた鉄屑《てつくず》には、「遠別離」に現れる戦死者たちの「魂」までも、錆び付いたままからみついているようだった。

兵隊たちは帰って来たかったのだ。故国の、六本木の十字路の場所にまで。しかし、レイテ島のリモン峠（レイテ島の主邑《しゆゆう》タクロバンから車で約三時間）からは、ふるさと日本はあまりにも遠く、峠から眺める海の水だけが、淼々《びようびよう》と日本の海へと続いているだけだ。「虫篝」は、一種のドッペルゲンゲル（分身）の話なのだが、それが空間と時間を越えて、同じような体験として重ね合わせられているのである。

日常的に死を見つめている兵隊と「怪談」が親密でないはずはない。火野葦平《ひのあしへい》が多くの「兵営怪談」や「兵隊怪談」を書いたように、兵隊と幽霊の話とは切っても切れない関係にある。それは、本質的に「文芸」が人間の魂に関わるものであって、言葉によって自由自在に「魂」を飛び立たせるのが、「文芸」の、本質的で絶対的な働きであるからだ。

『雨月物語』の一編「菊花の約《ちぎり》」は、義兄弟の契りを結んだ二人の男が、約束した日時に再会を果たそうとするが、身体という外形的束縛から脱するために、一人は自刃して、「魂」となって相手のところを訪れるという話だ。

浅田次郎の「怪談」も、基本的には魂が肉体（身体）を離れて、自由に飛び回る話だとまとめることができる。「昔の男」では、死者の魂はいとも自由気ままに、現在の時点に訪れてくる。

「お狐様の話」では、カナという少女の体内に閉じこもった「狐」は、宿り主の少女を死に至らしめるのだが、そうすることによって、ようやく「夜目に彩かな銀色の塊」という「塊」となって、その肉体から、そして宿坊の建物から、闇の夜の空へと解放されることができたのだ。

肉体という現実、社会という実世界に縛られている私たちは、束縛のない、何ものにも縛られない完全な自由を求める。もちろん、そんな完璧な自由が、生物としての、そして人間としての私たちにもたらされることはない。せめて、言葉の翼、物語の空飛ぶ絨毯《じゅうたん》に乗って時間と空間を行き来するしかない。「近代文芸」は、そうした「魂」に浮力を持たせ、一瞬の夢として、こわばった「現世界」から解き放すものなのである。

この作品は、二〇〇六年七月に双葉社より単行本として、〇八年九月に双葉文庫として刊行されました。

集英社文庫

あやし　うらめし　あな　かなし

2013年2月25日　第1刷
2019年7月10日　第3刷

定価はカバーに表示してあります。

著　者　浅田次郎《あさだじろう》

発行者　徳永　真

発行所　株式会社　集英社
東京都千代田区一ツ橋2-5-10　〒101-8050
電話　【編集部】03-3230-6095
【読者係】03-3230-6080
【販売部】03-3230-6393（書店専用）

印　刷　大日本印刷株式会社

製　本　大日本印刷株式会社

フォーマットデザイン　アリヤマデザインストア　　マークデザイン　居山浩二

ISBN978-4-08-745033-0 C0193